SOPA DE LLIBRES

Carles Sala i Vila

El rei Rodolí

Il·lustracions
d'Eloi Sala i V

BARCANOVA EDITORIAL

A en Pep, el rei de casa.

Carles

A la Inés.

Eloi

ÍNDEX

PRIMERA PART
El rei Nicolau

Els dies de vent, si t'asseus al banc que hi ha sota el pollancre de casa, sembla ben bé que plogui. Per la fressa de les fulles, vull dir. I molts cops, al cap d'unes quantes hores es posa a ploure de debò, i després el vent s'atura sobtadament.

Aquell dia, quan l'home de la capa va sortir de l'hostal, les fulles del pollancre es van posar a tremolar, totes alhora, ben bé com si s'haguessin posat d'acord.

—Bon dia —va dir molt pausadament.

—Bon dia —vaig respondre—. Ha dormit bé?

—Prou —va fer ell.

L'home de la capa havia arribat a l'hostal dels meus pares tot just el dia abans, acompanyat d'un gos pigallat i amb una enorme motxilla a l'esquena. Fins aquell moment, no li havia sentit a dir res, però ara que sabia la veu que tenia pensava que era exactament com me l'havia imaginada: greu, profunda, clara...

—Sap? Hi ha molta gent de la ciutat que diu que aquí hi dorm més bé que a casa seva —vaig continuar.

—Mmm... —va fer.

—Vostè ve de la ciutat?

L'home se'm va quedar mirant, sense ni tan sols parpellejar, com si no hagués entès la pregunta. Era molt més alt que jo, ben bé tres o quatre pams, i el barret que portava feia que encara ho semblés una mica més.

—Sí i no —va dir a la fi.

—Sí i no?

—Exacte.

—Què vol dir?

—Doncs que vinc de la ciutat i de molts altres llocs.

—Ah —vaig fer.

Just en aquell moment, la mare va treure el cap per la porta, va saludar l'home i va fer venir la meva germana cap allà on érem nosaltres.

—Marçal, vigila que la Pia no s'acosti al camí! —va cridar.

—D'acord, mare! —vaig dir.

Quan la Pia va arribar, es va mirar l'hoste de dalt a baix i li va etzibar:

—Hola, sóc la Pia.

—Ah... —va fer ell apuntant un mig somriure—. Quin nom més bonic.

—Jo em dic Marçal —vaig afegir—. I vostè, com es diu?

En sentir la pregunta, a l'home se li va il·luminar el rostre, com si s'alegrés que algú li hagués demanat pel seu nom.

—Com em dic...? —va repetir. I després d'una pausa va afegir—: I si no tinc nom?

La Pia i jo ens vam mirar estranyats.

—Què vol dir? Tothom en té, de nom! —vaig dir.

—Ah, sí?

—És clar! Quan un nen o una nena neix, els pares sempre li'n trien un, i li serveix per a tota la vida!

—Mmm... Jo no n'estaria tan segur...

Després d'aquelles misterioses paraules, l'home de la capa va fer dues gambades i es va asseure al banc, amb la motxilla al costat i el gos pigallat entre els peus.

Nosaltres ens hi vam acostar intrigats, esperant que justifiqués d'alguna manera el que ens acabava de dir.

—Heu sentit a parlar mai de Marimunt? —va preguntar.

—Marimunt? Què és Marimunt?

—Ja veig que no. Marimunt era un país minúscul que va existir fa molts anys, un regne a cavall del mar i la muntanya on van passar uns fets extraordinaris. Un lloc no gaire lluny d'aquí on durant una època el nom de les persones podia marcar-ne el destí...

1
El regne de Marimunt

En aquell temps, els que manaven per damunt de tot i de tothom, els que realment tenien la paella pel mànec, els que de debò remenaven les cireres, eren els reis. I hi havia reis de moltes menes: reis nobles preocupats per la seva gent, reis ambiciosos que només pensaven en noves conquestes, reis dropos que feien poc més que menjar i jeure...

El rei de Marimunt, però, no era especialment noble, ni desmesuradament ambiciós, ni més gandul que la majoria de mortals... Era, per damunt de tot, un rei manaire. Un rei manaire de cap a peus. Un rei amb vocació de rei, podríem dir.

Però la veritat és que a Marimunt no hi havia gaire feina a governar, perquè era un país molt i molt petit. Guaiteu si n'era, de remenut, que tot ell començava en una estreta llenca de mar que entrava cap a terra, amb un parell de platges de sorra blanca des d'on sortien els pescadors cada matí; després, continuava per la plana, suau i fèrtil, coberta de camps i horts i amb un petit riu que la travessava; abans d'enfilar la muntanya, apareixia la vila de Marimunt, la capital i única ciutat del regne, d'on sobresortien el campanar de l'església i la torre del palau reial, i, finalment, tres minúsculs turons coberts d'alzines i pins marcaven la fi definitiva del país.

La gent que hi vivia estava una mica tipa del tarannà autoritari del seu monarca, però amb els reis ja se sap: toca el que toca i poca cosa s'hi pot fer. A més, malgrat tot, en aquell pintoresc racó de món s'hi vivia prou bé. Hi havia tranquil·litat i bons aliments, i gairebé tothom es podia dedicar al que li agradava.

Però heus aquí que, un mal dia, aquella situació més o menys pròspera es va acabar.

2
La princesa de Muntimar

El rei de Marimunt pensava ben poc a trobar una reina per al seu país. Havia arribat al tron de molt jove, i sempre li havia semblat que encara tenia molt de temps per endavant. A més, estava massa encaparrat a donar ordres als seus súbdits per rumiar en aquestes coses.

Però tot això va canviar el dia que va conèixer la princesa Elisenda, l'única filla dels reis de Muntimar.

Muntimar era el regne veí de Marimunt. Començava just després dels tres turons, amb una serralada de muntanyes gegantines que semblava que mai no s'acabava, i s'estenia per la planúria fins a l'altra banda del continent, allà on tornava a aparèixer, majestuós, l'oceà. Com que a Muntimar hi vivia molta gent, no governaven només el rei i la reina, sinó també molts marquesos i marqueses, i ducs i duquesses, i barons i baronesses... I com que ja se sap que aquesta mena de gent no sol estar gaire avesada a treballar, doncs cada dos per tres organitzaven festes i convits per esbargir-se i fer noves coneixences entre els de la seva classe.

Al rei Nicolau, que era l'únic aristòcrata del seu país, sovint el convidaven a aquests banquets, i va ser justament en un d'aquests àpats on va conèixer la princesa Elisenda.

Era un dia de finals de febrer. El rei de Marimunt havia anat a passar el diumenge al castell de Rocabruna, just a l'altra banda dels tres turons, on la senyora baronessa celebrava el seu aniversari. Quan va arribar l'hora de dinar, el rei es va entaular amb la mirada clavada a les viandes, sense ni tan sols fixar-se en la noia que tenia al costat.

—Bon profit —li va dir ella, molt educada.

—Gràcies —va fer el rei sense mirar-la.

—Vós sou el rei de Marimunt, oi?

—Exacte —va respondre mossegant una cuixa d'indiot.

—Diuen que és un país molt bonic...

—Ahà. Però potser massa petit... Aquest indiot és deliciós.

Veient que el rei no li feia gaire cas, la veïna es va girar i es va posar a enraonar amb l'acompanyant de l'altra banda.

Quan, al cap d'una estona, es va acabar l'àpat, la noia es va alçar i va dir al rei Nicolau:

—Encantada d'haver-vos conegut, Majestat. Segur que a partir d'ara ens veurem més sovint.

—Ah, sí? —va fer ell.

—Sí, com que ara ja sóc gran, el pare em portarà amb ell a tots els actes que vagi. Em fa una il·lusió!

—Ah... Molt bé... I qui és el teu pare?

—El meu pare? El rei de Muntimar. Sóc la princesa Elisenda...

En sentir allò, el rei Nicolau va quedar amb la boca oberta, mirant aquella noia que havia crescut tant des de la darrera vegada que l'havia vista.

Com que l'home no responia, la princesa va afegir:

—Ui, me'n vaig de seguida, que la carrossa ja deu estar preparada, i el viatge fins a la capital és tan llarg! A reveure!

Aleshores va passar una cosa ben curiosa: al rei Nicolau, que fins llavors no havia tingut cap interès per la seva veïna de taula, se li va despertar una estranya simpatia envers la noia.

«Ben mirat, era ben agradable...», va pensar. «I em sembla recordar que tenia uns ulls d'allò més bonics... I una veu molt dolça... I per ser l'hereva del tron, no semblava gens pretensiosa...»

Al cap d'una estona, el rei ja notava un pessigolleig a l'estómac, i a mitja tarda els batecs se li havien accelerat. I quan, poc abans de posar-se a dormir, es va imaginar donant ordres a tots els súbdits de Muntimar, es va enamorar definitivament de la princesa.

Els dies següents, el rei Nicolau no va parar de donar-hi voltes i més voltes, i com més pensava en la possibilitat de ser rei del país veí, més convençut estava de l'amor que sentia per la princesa.

«Que bonic que seria...», pensava amb la vista perduda als tres turons. «Podríem unir els dos països i fundar-ne un de nou... I de nom li posaríem Muntimunt, o potser Marimar... No, no, Mantimur! O potser és més bonic Mantimar? Bé, tant li fa. Tindria un nom preciós... I molts súbdits per gover-

nar... I molts impostos per cobrar...» I després sospirava: «Ai... Em sembla que cada cop estic més enamorat de la princesa Elisenda!»

3
AMOR... AMOR...

Un bon dia, el rei Nicolau es va armar de coratge i va decidir escriure una carta a la princesa Elisenda. Tenia ganes de sincerar-se-li, de fer-li saber tot el que sentia per ella, de dir-li que, des del primer dia que l'havia vista, cada cop que veia els turons li venien unes ganes boges de saltar-los i anar-la a cercar.

La veritat, però, és que el rei no estava gaire acostumat a escriure's ell mateix les cartes —per això ja tenia l'escrivent—, i va haver de repetir la lletra un munt de vegades abans no en va quedar satisfet.

La carta deia així:

Estimada princesssa Elisssenda,

Me dicidit a escriure questa carta (tot sol, sense lajut del meu iscrivent) per dir-vos una cosa mol i mol impurtant.

Us seré ben sinser. Des dal primer dia que us baig veure, an aquella festa al castell de Rocabruna, no puc deixar de pensar en vós, des que em llevu al dematí fins a l'hora de nar a dormir. Fins i tot sumiu que ballem pavanes a la sala rial i que passegem pels jardins de palau gafats de barcet. I sabeu per què em passa xo? Dons perquè m'haveu robat el cor!

Prinsesssa Elisssenda, us imagineu que bunic que seria passar la resta dels nostres dies plegats? I tenir mols prinsesssets i prinsesssetes... I unir els nostres rialmes per fene un de ben gros... (fins i tot ne tinc el nom mig rumiat). I passejarnus per les nostres terres am una carrossa daurada mentre els servents van apeu...

Princesssa Elisssenda, us voleu cassar am mi?

Us estima,

Nicolau, rei de Marimunt

4
Amor... Amor?

El rei Nicolau no en tenia cap dubte: la princesa Elisenda li respondria amb un sí com un palau de dotze torres. Cap donzella no es podia resistir als encants de tot un rei!

Mireu si estava convençut que hi hauria casori, que així que va sortir el missatger en direcció a Muntimar es va posar a fer els preparatius per a l'esdeveniment. Calia reclutar els millors cuiners, i els millors servents, i els millors sastres... I també s'havia de fer la llista de convidats, i encarregar el vi més bo, i llogar els músics més refinats...

—No hi pot faltar de res! —deia el rei Nicolau—. Ha de ser una festa digna dels futurs reis de Marimar... o Muntimunt... o Mantimar... o com s'acabi dient el nostre reialme! Ha arribat l'hora d'eixamplar fronteres i manar a tort i a dret!

El rei estava tan encaparrat amb els seus projectes de futur que quan uns dies més tard va arribar la resposta de la princesa, el va agafar completament desprevingut.

—Una carta de Muntimar? —va preguntar estranyat—. Ah! Deu ser la resposta de la princesa! Llegeix-me-la, Amadeu.

El conseller Amadeu, l'home de més confiança del rei Nicolau, va agafar la carta i es va posar a llegir en veu alta.

—*Benvolgut Nicolau, rei de Marimunt. Acabo de llegir la carta que molt amablement m'heu fet arribar. Primer de tot, us agraeixo que hàgiu fet l'esforç d'escriure-la vós mateix; està molt bé treballar una mica de tant en tant. Però no calia, de debò. I encara calia menys que m'advertíssiu que havia estat així: es veu d'una hora lluny que hi ha la vostra mà darrere.*

—I ara! Què deu voler dir la princesa amb això que es nota d'una hora lluny que la vaig escriure jo? —el va interrompre el rei Nicolau des del seu tron.

El conseller Amadeu va pensar uns segons i, finalment, va respondre:

—Mmm... Segurament es deu referir a la sensibilitat amb què us expresseu, senyor rei... O a la impecable cal·ligrafia amb què escriviu, digna d'una ploma reial...

—Ah, és clar. Deu ser alguna cosa d'aquestes. Continua, Amadeu, continua.

El conseller es va treure un mocador de la butxaca, es va eixugar la suor del front i va continuar llegint.

—*Sabeu? M'afalaga que un rei com vós es fixi en mi, de debò...*

—Ho sabia —va dir el rei Nicolau somrient—. Sóc irresistible.

—*...però...*

L'Amadeu va fer una pausa, es va empassar saliva i es va tornar a eixugar la suor.

—Però què? —va dir el rei.

—*...però...* —el conseller va agafar aire— *...però jo no em puc casar amb vós. I no és perquè no tingui ganes de tenir princesets i princesetes, ni perquè no vulgui passejar pels jardins de palau, ni perquè tingui res en contra del regne de Marimunt... És per culpa d'en Romeu, un poeta de Muntimar que també s'ha fixat en mi, i que amb els seus versos i les seves rimes m'ha robat el cor. No us podeu imaginar com és de bonic que us estimi un poeta, senyor rei. És com viure sempre en primavera, us ho asseguro. Des que surt el sol fins que cau la nit, en*

Romeu no para de recitar-me un vers darrere l'altre. I em diu com m'estima en vers, i em dóna el bon dia en vers, i s'acomiada cada vespre en vers... I ho fa de la manera més dolça que es pugui fer. I amb els seus rodolins les paraules semblen música, i em fan sentir la princesa més afortunada del món. La meva vida és un poema, rei Nicolau, una cançó, un rodolí! Sóc tan feliç! D'aquí a poques setmanes hi haurà el casori. Espero que vingueu, així us podré presentar el meu Romeu. Segur que en podeu aprendre tantes coses! Fins ben aviat, Majestat. Cordialment, la princesa Elisenda.

5
AMOR... I DESAMOR

Quin patac, quin revés, quina sotragada... Quin terrabastall! Tan acostumat com estava el rei Nicolau que tothom li digués que sí a tot, i la princesa Elisenda li acabava de donar carbassa... I quina carbassa! Que si en Romeu fa versos, que si fa rodolins, que si rima per aquí, que si rima per allà, que si la fa sentir la més afortunada del món... Només faltava que li digués que ell no li arribava ni a la sola de les sabates! Quina humiliació!

Tan tocat va quedar el rei, que es va estar dies i dies plorant a l'alcova sense voler rebre ningú, ni tan sols el conseller Amadeu, que no parava d'insistir-li que havia de menjar alguna cosa si no es volia morir de decandiment. Quan a la fi la gana el va vèncer, el rei Nicolau va permetre l'entrada dels criats a la cambra, però la tristesa inicial amb què havia entomat la situació ja havia desaparegut. Ara, el dolor que durant els primers dies s'havia convertit en llàgrimes i laments havia esdevingut un atac d'ira continu, i això feia anar de corcoll tot el personal de palau: fruites volant per l'aire, ous esclafats al sostre, pastissos que sortien disparats per la finestra... Fins i tot hi va haver una serventa que va sortir de la cambra amb la sopera al cap i el davantal amarat d'escudella!

Amb el pas dels dies, el rei es va anar calmant, i va començar a fer unes misterioses reunions amb l'Amadeu i un parell de consellers més. Es tancaven en una de les estances de palau, ordenaven que no se'ls molestés per res del món, i es passaven hores i hores sense sortir-ne ni per prendre l'aire. Ningú no sabia exactament què hi feien, però de tant en tant per les finestres de l'edifici s'escapaven fragments de conversa que feien més o menys així:

—Altesa, intenteu concentrar-vos en el final de les paraules, d'acord?

—No em parlis com si fos una criatura.

—Perdoneu, Majestat. Provem-ho, doncs. Els versos diuen així:

A dalt del cel el sol hi és viu,
i a sota el pont hi corre un...

—Què us sembla, senyor rei: un rierol, un nen o un RIU.

—Un nen, és clar.

—Un nen? Però si *riu* acaba amb *iu*, igual que *viu*! El mot que falta és *riu*!

—I ara! Si els rius no corren! Són els nens els que es passen el dia anant amunt i avall!

—És una manera de dir, Majestat. A més, tant li fa si corren o no, han d'acabar igual: *viu-riu*, us n'adoneu?

—M'estàs tornant a parlar com si fos un nen petit! Insinues que no és bonic el meu vers? O que sóc un inútil? Un mal poeta?

—Ui, no! I ara! Però potser el vostre rodolí és... és massa difícil d'entendre per als ignorants que corren pel nostre país; vaja, que corren... vull dir que caminen, o passegen... No sé si m'explico. Però tot el que vós dieu és poesia, i de la bona, ja ho crec, senyor rei... I tant, senyor rei... Als vostres peus, senyor rei...

6
TOTHOM A PLAÇA

Va passar el temps i el rei continuava sense sortir de palau, reunint-se a totes hores amb els homes de més confiança de la cort. Mentrestant, la trifulga amb la princesa Elisenda s'havia escampat per tot el país, i a més d'un se li escapava el riure quan pensava que aquell rei tan manaire i geniüt s'havia enfonsat per culpa d'una noieta.

Just el darrer dia d'hivern, després de moltes setmanes de silenci, el rei Nicolau va tornar a donar senyals de vida. I ho va fer d'una manera ben especial. Va ordenar al seu nunci que llegís aquest enigmàtic missatge a tots els habitants de Marimunt:

Per ordre del rei, es convoca tots els vilatans del regne a l'acte que se celebrarà demà al punt del migdia a la plaça Major de la vila, en el qual Sa Majestat el rei Nicolau informarà tots els seus súbdits del nou règim amb què a partir d'ara governarà el país. L'assistència a l'esdeveniment és del tot obligatòria.

—Vaja... Tan tranquils que estàvem darrerament... —deien alguns en sentir-ho.

—Nou règim? Què vol dir, això? Que haurem de vigilar què mengem? —va preguntar l'hostaler tot tocant-se la panxassa.

—No, home, no! Vol dir que el rei ens governarà d'una manera diferent de com ho ha fet fins ara!

—Ui, quina por... A veure amb quina una ens sortirà, aquest!

—Això vol dir que a partir de demà ens tractarà encara més bé —va dir en Valentí, l'orfebre de la vila, que era dels pocs que sempre defensava el rei Nicolau.

—La qüestió és manar, sempre manar! —rondinava un altre.

Coneixent com coneixien el seu rei, gairebé ningú no pensava que els canvis que pogués proposar servirien per millorar les seves vides, però fins al cap d'unes quantes hores no sortirien de dubtes.

L'endemà al migdia, a la plaça Major no hi cabia ni una agulla, i l'ambient que s'hi

respirava era gairebé festiu. El rei Nicolau havia fet engalanar tots els edificis amb flors seques i branques de llentiscle i havia manat repartir llamins i castanyes torrades entre la concurrència. A més, el país era tan petit que quasi tothom es coneixia, i la gent estava d'allò més contenta de poder conversar amb els compatriotes que feia temps que no veia.

A les dotze en punt, el toc de trompetes va anunciar l'entrada del rei a plaça, dalt d'un cavall blanc carregat de garlandes i amb tot el seguici de cortesans al darrere.

Custodiada per la guàrdia reial, la comitiva es va dirigir cap a la banda de tramuntana, on hi havia instal·lat un entarimat de fusta cobert de catifes vermelles i amb el tron reial plantificat al bell mig. Quan hi van ser al damunt, el conseller Amadeu va fer un gest amb la mà i tots els assistents van emmudir a l'instant. Aleshores, el rei va mirar cap a la gentada, va fer dues passes endavant i, molt solemnement, va anunciar el que a partir d'aquell dia canviaria la vida de tots els habitants de Marimunt.

7
El discurs del rei Nicolau

—Súbdits meus —va començar el rei—, avui és un gran dia per a mi...

—Ui, a veure com serà per a nosaltres... —va xiuxiuejar una veu entre el públic.

—Com ja sabeu, darrerament he passat, de manera totalment voluntària i premeditada, un període d'aïllament i reflexió.

—Ha! Aquesta sí que és bona! Ara resulta que té mal d'amor perquè vol! —es va sentir entre els assistents.

—Silenci!!! —va cridar el conseller Amadeu.

—Gràcies, conseller. Com anava dient, les últimes setmanes m'he dedicat a meditar profundament sobre l'esdevenidor de Marimunt i sobre el futur del seu rei, o sigui, jo. I us he de confessar que, després de tant cavil·lar, finalment he arribat a una conclusió: la situació no pot continuar així.

—Mira, en això estem d'acord... —va dir algú.

El rei va fer una inspiració profunda i, a partir d'aquell moment, va anar aixecant progressivament el to de veu.

—Ni el meu regne ni jo no rebem el reconeixement que ens mereixem: passem desapercebuts entre els nostres veïns; no se'ns respecta com se'ns hauria de respectar; no tenim el prestigi que haurien de tenir el regne de Marimunt i el seu rei! —va cridar tot posant-se vermell. I va afegir—: Però no patiu, súbdits meus, no patiu; la mare natura m'ha dotat de la saviesa i la perspicàcia necessàries per poder superar tota mena d'adversitats...

La gent que hi havia a la plaça estava expectant. No entenien on volia anar a parar Sa Majestat, però s'ensumaven que se'n preparava alguna de grossa.

El rei va continuar.

—És per això que, després de donar-hi voltes i més voltes, he trobat la solució a aquest greu problema. Escolteu-me bé: la millor arma per guanyar l'admiració dels nostres veïns, l'eina més eficient per deixar bocabadada la gent de Muntimar i dels altres regnes del continent, l'instrument més poderós per aconseguir que tot el món s'inclini davant meu és... LA POESIA!

Després d'aquestes paraules, a la plaça Major de Marimunt es va sentir un murmuri general. De què diantre parlava, el rei Nicolau? Conflictes? Si mai no havien tingut problemes amb els veïns! I deia que la poesia era la seva arma? Quins acudits! Mai no havia tingut cap interès pels poemes i ara pretenia guanyar-se l'admiració de tothom a cops de vers... Com hi ha món!

Però el rei encara tenia més bestieses per dir:

—És per això que he decidit que, a partir d'avui, no seré simplement el rei Nicolau de Marimunt, sinó que seré... el gran poeta Nicolau!, rei de Marimunt, la seva gent i tots els versos que s'hi estiguin fent! Súbdits meus, m'autoproclamo rei Rodolí de Marimunt!

—Ha, ha, ha! —va riure un dels assistents—. Ara ho entenc: el nostre rei està fent broma! És clar! El gran poeta Nicolau, diu... Aquesta és bona! Ha, ha, ha!

—Ah! Ve-t'ho aquí! —va fer un altre—. Per un moment m'havia pensat que anava de debò! El rei, poeta! Ha, ha, ha! Ell que no deu ni saber fer un rodolí! Molt bona, molt bona!

De mica en mica l'acudit es va anar escampant per tota la plaça, i al cap de poc tothom ja reia. Quines bromes de fer, aquest rei! Era ben clar que ja s'havia refet del mal tràngol amb la princesa Elisenda!

Fins que, amb un cop de geni, el conseller Amadeu va fer emmudir la plaça altre cop.

—Tothom a callar!!! —va cridar—. Sa Majestat el rei Nicolau parla molt seriosament! Ja fa temps que ha esdevingut un rimaire excel·lent, com correspon a tot un rei Rodolí. Ell serà el més gran poeta de Marimunt de tots els temps, el més admirat, el més respectat i, per descomptat, també el més estimat! Mai més cap poeta no li prendrà una princesa davant dels nassos!

Just després de dir això, l'Amadeu es va adonar de la relliscada. Es va empassar saliva i es va posar a suar. El rei Nicolau va llançar una mirada furiosa al seu conseller, que acabava de recordar davant de tothom el desgraciat episodi amorós amb la princesa de Muntimar.

—No cal que continuïs, Amadeu —va dir serrant les dents. I va afegir, aquest cop adreçant-se a la gent—: Doncs bé, per assegurar que tot s'esdevingui com tinc previst, a partir d'avui mateix, primer dia de primavera, queden abolides totes les lleis que fins ara han regit el meu reialme. D'ara endavant, l'única llei que s'aplicarà a Marimunt, la que tots vosaltres haureu d'obeir, serà... la llei poètica del rei Rodolí!

8
La llei poètica

De nou el murmuri general es va apoderar de la plaça. Així doncs, tot aquell joc de despropòsits anava de debò! No hi havia dubte que la negativa de la princesa Elisenda havia deixat el rei molt tocat...

De tota manera, a la majoria de vilatans no els sonava del tot malament allò de canviar la llei que tenien per una altra de *poètica*, si més no ara que encara no sabien què volia dir.

A dalt de la tarima, el rei va tornar a agafar aire i va encarrilar el tros final del parlament:

—Sapigueu, doncs, que s'ha acabat donar ordres sense solta ni volta; ja n'hi ha prou de manar a la babalà. A partir d'avui, complint fidelment la nova llei que acabo d'instaurar, només donaré una única mena d'ordres: ordres poètiques!

—Renoi, quina xerrameca... —va murmurar algú.

—I us deveu preguntar, colla de súbdits ignorants, què diantre són les ordres poètiques? Doncs de seguida ho sabreu. Amadeu —va dir mirant el seu conseller principal—, necessito un voluntari!

—Ja ho heu sentit, Sa Majestat necessita un voluntari! —va cridar inquisitivament el conseller.

Gairebé a l'instant, com si l'haguessin empentat, en Valentí, l'orfebre, es va enfilar dalt de la tarima.

—Jo, jo, jo! —deia mentre pujava les escales.

—Així m'agrada —va dir l'Amadeu—, el senyor Valentí s'ofereix voluntari. Doncs atenció! Tot seguit, el gran poeta Nicolau, rei Rodolí de Marimunt, la seva gent i tots els versos que s'hi estiguin fent, donarà la primera ordre poètica!

Enmig d'un silenci absolut, el rei es va dirigir cap al seu tron, s'hi va escarxofar majestàticament i va dir:

—Escolta'm bé, súbdit meu, escolta'm bé. —Aleshores es va tocar la barbeta, va mirar l'horitzó i va afegir amb un to molt solemne—:

A partir d'avui, súbdit Valentí,
tindràs cura del meu jardí!

Després d'aquestes paraules, tota la comitiva reial es va posar a aplaudir sorollosament:

—Bravo! Bravo! Quin rodolí tan preciós! —deien.

—Visca el rei Nicolau, el gran poeta de Marimunt!

Els vilatans, però, van quedar estupefactes. Què volia dir que en Valentí havia de tenir cura del jardí del rei? Si no ho era pas, de jardiner!

El mateix orfebre va ser el primer de rondinar:

—Jo he de tenir cura del jardí? Però, Majestat, si ni tan sols no sé diferenciar un roser d'un xuclamel!

—Doncs n'hauràs d'aprendre! —s'hi va interposar el conseller Amadeu—. Les ordres del rei sempre s'han de complir!

—Però és que jo sóc joier i...

—Res de peròs! —va cridar el rei—. He dit que seràs jardiner i seràs jardiner; la inspiració ho ha volgut així, i que tothom ho tingui ben present: la inspiració és sagrada!

Aleshores es va sentir una veu tremolosa que deia:

—I jo?

Era en Roger, el que fins aleshores s'havia encarregat de mantenir tots els jardins de les terres del rei.

—Si en Valentí és el nou jardiner, jo què faré? —va tornar a preguntar.

—Roger, estigues tranquil —va dir l'Amadeu—, el nostre rei té respostes per a tot. Oi, Altesa?

—Per descomptat. A veure, súbdit Roger, a veure... Mmm... —Aleshores, el rei es va tornar a tocar la barbeta, va mirar de nou l'horitzó, i va declarar altre cop amb to molt solemne—:

T'ordeno, súbdit Roger,
que vagis a fer de cuiner!

—Bravo! Bravo! Quin gran poeta que és el nostre rei! Bravo! —van tornar a cridar els consellers.

Igual que en Valentí, en Roger també va protestar:

—Però, Majestat, si jo no ho sóc, de cuiner! Si quan faig un ou ferrat el rovell sempre se'm rebenta!

—He dit que seràs cuiner! —va insistir el rei, tot convençut—. I no penso tolerar que se'm contradigui: la inspiració així ho ha volgut.

—I la inspiració és sagrada! —va afegir l'Amadeu.

I tot seguit va ser el torn del notari, el senyor Anton, a qui va tocar anar a buscar aigua a la font, i el de la senyora Beatriu, que va haver d'anar a rentar la roba al riu, i el del flequer Aniol, a qui va manar fer-se porquerol, i el del porquerol Oleguer, que a partir d'aleshores seria flequer, i el de la seva germana Teodora, que va haver de fer-se pastora...

I allò només va ser el començament. A partir d'aquell dia, el rei Nicolau no va parar de donar ordres estrafolàries a tort i a dret, ordres que per les seves rimes podien recordar molt vagament els versos d'un poema, però que, es miressin com es miressin, no tenien solta ni volta.

Havia començat el règim poètic del rei Rodolí.

SEGONA PART
En Dotzedits

L'home de la capa va fer una pausa. Molt lentament, va treure una cantimplora de la motxilla i en va fer un parell de glops. Després, va agafar la capa amb les dues mans i es va abrigar amb un gest majestuós, com un ratpenat que plega les ales.

El vent no havia afluixat en tota l'estona, i les fulles dels pollancres tampoc no s'havien aturat ni un instant.

La Pia i jo ens havíem assegut a terra, a tocar del gos pigallat, i havíem escoltat embadalits aquella història tan increïble.

—Així, si jo hagués nascut a Marimunt, encara hauria tingut sort —vaig dir—, perquè el rei Rodolí m'hauria dit «T'ordeno, súbdit Marçal, que vagis a treballar a l'hostal!», i m'hauria pogut quedar a casa!

—Vés a saber —va dir ell—. Qui sap si t'hauria ordenat adobar el camí ral, o allis-

tar-te a la guàrdia reial, o assecar aigua de mar per fer sal...

—I jo? —va preguntar la Pia—. Què hauria hagut de fer, jo?

L'home de la capa es va mirar la nena amb un somriure.

—Tu... Tu amb una mica de sort encara no hauries rebut cap ordre —va dir.

—Perquè sóc petita?

—Perquè ets petita i perquè, com que en aquell temps eren els homes els que feien la majoria d'oficis, també era a ells a qui el rei donava la major part de les ordres.

—Ah... —va fer ella.

—I les dones no treballaven? —em vaig afanyar a preguntar.

—Que si treballaven? —va repetir ell—. I tant! I més que ningú! Encara que sovint passessin desapercebudes... Elles soles s'encarregaven de pouar l'aigua, fer la bugada, cosir, cuinar, netejar... I tenir cura dels fills! Si totes les dones haguessin hagut de deixar aquestes feines per complir les ordres del rei, segurament el país se n'hauria anat en orris!

La meva germana es va quedar tota pensativa, i a la fi va dir:

—Doncs si que eren importants, les dones!

Just en aquell moment, la mare va treure el cap per una finestra:

—Marçal, haurem de deixar els deures de matemàtiques per a la tarda, que encara he d'acabar les habitacions i anar a fer els dinars! —va cridar—. I feu el favor de no atabalar el senyor, que ha vingut a l'hostal a descansar!

—No es preocupi, mestressa! —va dir l'home—. Té uns fills encantadors!

I ens va picar l'ullet a tots dos.

Aleshores, ens va dir:

—Sabeu? A Marimunt també hi havia molts nens i nenes com vosaltres. Justament, l'endemà mateix que el rei Rodolí imposés el règim poètic, una parella de vilatans de la capital, en Tomeu i la Cecília de can Dotzena, va tenir el seu primer fill, un nen d'allò més especial. Un nen a qui tothom anomenava... Dotzedits.

—Dotzedits? —vaig fer jo—. Però si això no és cap nom!

—Tens raó, Marçal, tens raó. Però és que el fill d'en Tomeu i la Cecília no en tenia, de nom. Us ho explicaré.

9
EN DOTZEDITS, EL NEN SENSE NOM

A Marimunt, una de les coses que havien canviat amb l'arribada del rei Rodolí era la manera com es triaven els noms dels nounats. Fins aleshores, pares, mares, padrins i padrines posaven a fills i fillols els noms que més els agradaven, o el de l'avi o àvia del nadó, o el del seu sant patró... Darrerament, però, el que es tenia més present a l'hora de prendre aquesta decisió era la malaltissa fal·lera del rei per donar ordres a cops de rodolí.

Com us podeu imaginar, els pares feien tot el que podien per evitar noms que auguressin un mal futur per als seus fills. Així, alguns de tan bonics com Bernat, Conrad o Amat, es van deixar de posar d'un dia per l'altre per por de condemnar el nen que el portés a ser soldat el dia de demà, i el mateix va passar amb Immaculada, per por que sortís alguna soldada... Per si en lloc de parlar de *soldats* el rei parlava de *guàrdia reial*, també van desaparèixer Pasqual, Arnald o Eudald... i fins i tot Xantal. Igualment, pocs pares s'atrevien a posar als seus fills Oleguer, Roger o Berenguer, no fos cas que per aquest motiu els toqués anar a fer de miner; ni tampoc Marina, Guillermina o Fina, per estalviar a les pobres noies d'anar

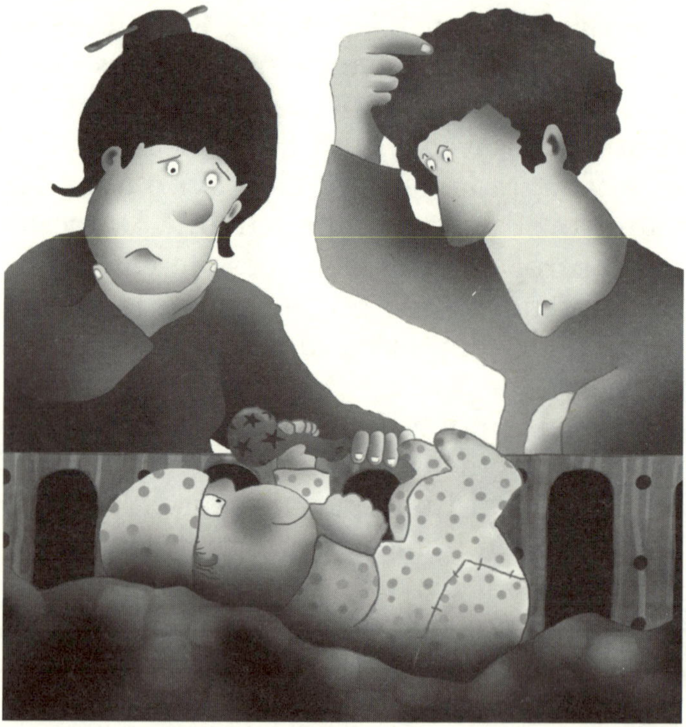

a treballar a la mina, i encara menys Pau, Dalmau o Arnau, que a ningú no li agradava tenir un fill esclau! Fins i tot uns pares que havien tingut una filla van deixar de posar-li Magalí per por que la casessin amb el rei Rodolí!

Doncs bé, quan en Tomeu i la Cecília de can Dotzena van haver de triar un nom per al seu fill, també es van trobar amb aquest dilema. I es van passar dies i dies donant-hi voltes i més voltes, fent rodolins sense parar amb Josep, Ramon, Manel, Adrià, Eloi, Pere, Melcior, Antoni... I cap, cap, no els deixava del tot tranquils. Fins que, a la fi, van decidir que, fet i fet, més valia no tenir nom que tenir-ne un que l'encadenés per a tota la vida. I així va ser com el fill petit de can Dotzena es va quedar sense batejar.

A part de no tenir nom, però, aquell vailet tan remenut també cridava l'atenció per un altre motiu: a cada una de les manetes, en comptes de tenir-hi cinc dits com gairebé totes les criatures, se li'n podien comptar sis, un de més a cada mà. Com és natural, en un primer moment això va desconcertar tot el veïnat, i la gent fins i tot feia cua per poder veure semblant raresa. Però al cap de ben poc tothom ja s'hi havia acostumat. Al capdavall, amb tants dits com tenim les persones, tampoc no en venia d'un parell de més... I encara menys a can Dotzena, on estaven avesats que, generació sí generació no, nasqués algun infant amb aquesta peculiaritat.

La qüestió és que, justament per aquest motiu, ben aviat van començar a anomenar el nen d'una manera ben curiosa: Dotzedits.

10
AMB UN CONSELLER RIMAIRE, RIMAR NO COSTA GAIRE

Va passar el temps i en Dotzedits es va anar fent gran, i a mesura que el vailet creixia, també creixien els maldecaps al petit reialme de Marimunt.

El rei Rodolí, convençut de la seva nova manera de governar, no parava de donar ordres a tort i a dret, insistint que la inspiració estava per damunt de tot i que era ella la que el guiava en les seves decisions. Al començament, manava només amb rodolins senzills, rodolins que molt sovint aprofitava per fer servir en més d'una ocasió...

—*T'ordeno, súbdit Adrià* —o Damià, o Sebastià, o Aurelià...—, *que te'n vagis a llaurar!* —deia.

O bé:

—*T'ordeno, súbdit Oleguer* —o Roger, o Berenguer, o Bernabé...—, *que vagis a fer de forner!*

O també:

—*T'ordeno, súbdita Maria* —o Sofia, o Estefania, o Rosalia...—, *que em rentis els peus cada dia!*

O fins i tot el que va dictar a en Tomeu, el pare d'en Dotzedits, que treballava de pregoner i havia de recórrer a cavall tots els racons del país:

—*T'ordeno, súbdit Tomeu, que pregonis sempre a peu!* —li va dir un dia el rei.

Amb aquesta mena d'ordres, el rei Rodolí no només obligava els seus súbdits a fer feines que no els pertocaven, sinó que també provocava situacions d'allò més desconcertants. Així, un bon dia, als camps de blat i civada de Marimunt s'hi van trobar gairebé tots els Adrians, Damians, Sebastians i Aurelians del país, disposats a llaurar per complir la voluntat del rei. Eren tanta colla, que no sabien ni com repartir-se la feina, i ni tan sols no hi havia arades per a tothom. Mentrestant, en algunes fleques de la ciutat hi havia sis o set forners al mateix obrador, però no tenien ni un sac de farina, perquè la inspiració del rei havia enviat molta gent a llaurar, però... no havia enviat ningú a moldre blat. Fins i tot els peus del rei van rebre les conseqüències del seu mal govern, perquè de tant ensabonar-los i esbandir-los van quedar més arrugats que una pansa, i, si no els posava una bona estona al sol, així que caminava una mica li quedaven ben encetats...

Però a qui sí que els peus van quedar nafrats de debò va ser al pobre Tomeu de can Dotzena, que per culpa de l'ordre poètica que havia rebut ara havia de recórrer a peu tots els indrets de Marimunt. I no només això, sinó que, a més a més, al cap de pocs dies d'haver hagut de deixar el cavall a l'estable, el cap de pregoners de la cort el va acomiadar perquè era massa lent per a l'ofici. «Diantre!», rondinava en Tomeu, «primer em prenen el cavall i després diuen que no corro prou!»

Poc abans que arribés l'estiu, l'Amadeu va ser nomenat primer conseller rimaire de Marimunt, i va ser gràcies als seus consells que el rei Rodolí va poder donar encara moltes més ordres poètiques. Ara es tractava d'ordres una mica més elaborades, algunes fins i tot amb certa gràcia, però totes tan ridícules i absurdes com les del primer dia.

Els vilatans, mentrestant, les encaixaven com podien.

Alguns, com la Cristina, no sabien com posar-s'hi per complir-les...

Mal que mai hagis cosit,
et dic, súbdita Cristina,
que agafis roba ben fina
i em vagis a fer un vestit!

D'altres es posaven negres en sentir-les...

Montserrat, Assumpció,
Gabriel, Joan i Pere,
'neu a fer una carbonera,
que a palau falta carbó!

N'hi havia que intentaven ser positius, i pensaven que tampoc no els aniria malament fer un canvi d'aires...

Ermengol: ja no ets pastor,
s'ha acabat anar a muntanya.
Ara agafa barca i canya
i cap a fer de pescador!

I alguns, com en Tomeu, en sortien més malparats que ningú...

Ara que no ets pregoner,
t'ordeno, súbdit Tomeu,
que continuïs a peu
treballant de traginer.

11
L'HOME ESTRAFOLARI

A can Dotzena s'ho organitzaven tan bé com podien. En Tomeu havia de fer més hores que un rellotge per ser un traginer competent sense fer servir ni una mula, i quan arribava el vespre estava tan baldat que no podia dir fava. La Cecília prou que li hauria donat un cop de mà, però estava massa atrafegada tirant la casa endavant i tenint cura de les tres germanetes que havia tingut en Dotzedits. El fill gran, doncs, que acabava de fer nou anys, era l'únic que podia ajudar el seu pare, i com hi ha món que ho feia!

Un bon dia, en Dotzedits va sortir de casa amb un sac ple de llana a l'esquena per a un matalasser de la capital. Com que can Dotzena era als afores de la ciutat, havia de recórrer un bon tros de camí abans d'introduir-se al laberint de carrerons de Marimunt, i va trigar una bona estona a arribar al seu lloc de destí, esbufegant i amarat de suor. La feina de traginer era molt feixuga, però així i tot al vailet li agradava recórrer la vila i sentir l'ambient de la ciutat atrafegada: els cops del ferrer damunt l'enclusa, l'escarpa del picapedrer, l'olor del forn de pa, els crits de la verdulaire... Perquè, malgrat tots els maldecaps que els estava portant l'estrambòtica dèria del rei, els vilatans intentaven viure de la manera més normal possible i, en definitiva, ser tan feliços com els permetia la situació...

Quan va haver deixat la mercaderia, en Dotzedits va girar cua i va començar a desfer el camí. Va baixar per l'estret carreró dels matalassers, va passar pel costat de l'església, va travessar la plaça Rodolina —així havia batejat el rei l'antiga plaça Major— i, quan ja estava a punt de deixar la plaça enrere, es va aturar en sec. Davant seu, un home molt estrafolari descarregava un bagul de fusta d'una tartana. Era alt i esprimatxat, però fort i amb les mans grosses; anava guarnit amb robes molt virolades i portava una arracada d'anella en una orella i un barret molt ample amb tot de plomes de colors. Després de deixar el bagul a terra, l'home es va enfilar a la tartana i en va sortir amb un parell de maletes de pell. De sobte, es va adonar de la presència d'en Dotzedits, que s'havia quedat davant seu plantificat com un estaquirot.

—Bon dia, vailet —va dir somrient i deixant la càrrega a terra.

—Hola —va fer el noi.

—Ja sé què deus pensar —va afegir—: «Qui diantre és aquest paio tan estrafolari que no havia vist mai per aquí?»

—Doncs sí! —va dir emocionat en Dotzedits, que s'havia fet exactament aquella pregunta.

—I també: «Amb aquestes plomes al cap i aquesta vestimenta de colors sembla ben bé un pollastre!»

—Òndia! Com ho saps?

—Closques de cargol! És que llegeixo el pensament, saps? —va respondre.

—De debò?

L'home va eixamplar el somriure.

—Bé, i sobretot perquè és el que es pregunta tothom quan em veu per primera vegada.

—Ah...

En Dotzedits es va quedar mirant aquell personatge. Tenia alguna cosa que el fasci-

nava... Potser era la manera de bellugar-se, o com anava guarnit, o la cantarella que feia quan parlava...

A la fi li va preguntar:

—I qui ets?

—Qui sóc? —va repetir ell.

I, tot seguit, es va enfilar teatralment en una roda de la tartana, va aixecar el barret de plomes amb una mà i va deixar anar:

—Em dic Marionetti, Marionetti Aventureri, de la gran nissaga dels Aventureri. Sóc fill del gran Puccinello Aventureri i la grandíssima *mamma mia* Marionetta in Treppidi, de la gran família dels in Trep-

pidi, descendents directes del magnífic Lucciano dei Titello, artista entre els artistes...

Des de dalt de la roda, l'home va recitar l'un darrere l'altre els noms de tots els membres de la seva família, ressaltant els dels avantpassats més il·lustres; noms curiosos i divertits que en Dotzedits no havia sentit mai, però dels quals aquell personatge semblava estar d'allò més orgullós.

—I tu, com et dius? —va preguntar l'home, finalment.

—Jo? Bé... De fet, no tinc nom..., però tothom em diu Dotzedits.

—Dotzedits? —va fer en Marionetti mirant-li les mans—. Pastarrufa! Si tens sis dits a cada mà!

—Sí.

—Això és fantàstic!

El noi va quedar tot parat. Era el primer cop que li deien que era una sort tenir un parell de dits de propina.

—Fantàstic? —va preguntar.

—Ja ho crec! A mi, tenir algun dit de més m'aniria rebé per a la meva feina!

—Ah, sí? I a què et dediques, si es pot saber?

En aquell moment, es va sentir el pare d'en Dotzedits que cridava des de l'altra banda de la plaça:

—Va, noi, que tenim feina! Ni que haguessis traginat la llana fins a Muntimar!

—Ui, em sembla que et demanen —va dir en Marionetti picant-li l'ullet.

—Òndia, me n'havia ben oblidat! He de marxar, que encara tinc un parell d'encàrrecs per fer!

—Pots passar per aquí aquesta tarda?

—I tant! —va dir el noi arrencant a córrer—. Encantat de conèixer-te, Marionetti!

—Igualment, Dotzedits!

12
EN MARIONETTI AVENTURERI

Aquell dia, per dinar, a can Dotzena hi havia cigrons amb naps, una mica de formatge d'ovella i un grapat de cireres acabades d'abastar de l'arbre. A casa eren molta colla, i havien de repartir bé les provisions si volien que duressin tot l'any. Ara, per sort, l'hivern havia quedat enrere, i amb l'arribada del bon temps tot plegat semblava més senzill.

En acabat de l'àpat, en Tomeu va anar a buscar la pissarra i, com feia sempre que la feina i el cansament li ho permetien, va començar la lliçó. Gràcies al seu antic ofici, el pare d'en Dotzedits era de les poques persones de Marimunt que sabia llegir i escriure, i s'havia fet el ferm propòsit de transmetre els seus coneixements a tots els vilatans que ho desitgessin. En aquella ocasió, a més de la Cecília i els quatre germans, es van presentar a la casa la Remei de la fleca, en Roc de ca l'Ample i la Cesca, la gran amiga d'en Dotzedits.

Tothom feia el que podia: alguns, com en Dotzedits i la seva mare, feia temps que coneixien bé les lletres, i ja gairebé s'espavilaven tots sols; d'altres, com en Roc o la Remei, s'hi havien posat feia poc, però estaven carregats de bona voluntat i avançaven a marxes forçades, i d'altres, com la Cesca, que era un belluguet i de seguida es distreia, tenien prou feina a escriure el seu nom.

De seguida que es va acabar la classe, en Dotzedits i la Cesca van córrer cap a la ciutat. El fill gran de can Dotzena havia explicat a la seva amiga la conversa del matí amb l'home del barret de plomes, i ara la noia frisava per conèixer aquell personatge tan peculiar.

Tan bon punt van entrar a la plaça, van veure una gentada fent gatzara mirant cap a la banda de migjorn i s'hi van apropar decidits. Des d'allà on eren, però, no entenien res del que passava, així és que es van posar de quatre grapes i es van esmunyir entre les cames de la gent fins a arribar davant de tot.

Els dos nois van quedar de pedra. Davant seu, hi havia un teatret de fusta preciós, alt com una persona i pintat amb sanefes virolades i un gran arc de Sant Martí. I al centre, entre cortines de vellut, dos titelles de fils discutien acaloradament i feien riure la concurrència.

—Que et dic que l'ase és meu! —deia un dels personatges, guarnit amb un barret de palla i una forca.

—I ara! Fa quinze dies ben bons que la bèstia pastura pel meu camp: ja és més meva que teva! —deia l'altre amb un garrot a la mà.

—Jo no tinc cap culpa que l'enllaminis amb la teva userda!

—Quines penques! El que passa és que tu el volies matar de gana: estàs fet un dimoni! No m'estranya que portis forca! —replicava entre les rialles de la gent.

Aleshores, va aparèixer a escena un altre titella, panxut i amb una immensa corona daurada al cap.

—Ja n'hi ha prou de discutir! —va cridar—. Jo, el vostre rei, l'home més just, savi i magnànim de tot el reialme, decidiré què és el que cal fer!

Amb l'entrada del nou personatge, les rialles del públic es van ofegar de cop, i de mica en mica es van començar a sentir els primers crits:

—Guaita! Ja tenim l'ase! —va dir algú.

—Fora! Aquest no el volem ni veure! —van cridar uns quants.

—El rei, un savi? Un poca-solta és el que és! —va remugar una senyora tot girant cua.

—Què n'ha de saber, de justícia! Si jo sóc pescador i el molt desvergonyit em fa fer esclops! Té, entoma aquest! —va dir l'esclo-per després de descalçar-se un peu.

I darrere de l'esclop algú va tirar una carxofa, i després un tros de col, i una closca d'ou, i un manat d'espàrrecs... Fins que les cortines del teatret es van tancar i la funció es va donar per acabada.

13
El llaüt d'en Marionetti

En un tres i no res la multitud es va dispersar, i els dos amics es van dirigir encuriosits cap a darrere del teatret.

Era un lloc prou acollidor. El terra era cobert amb catifes d'espart i coixins virolats, i entre l'estructura de fusta i la tartana —que continuava al mateix lloc que al matí—, hi havia un immens tendal que feia de sostre. En Marionetti estava ajupit en un racó endreçant els titelles en una de les maletes de pell, i no semblava gaire content.

—Hola, Marionetti —va dir en Dotzedits.

—Hola, nano —va dir encara emmurriat—. Closques d'ou i carxofes!

—Veus com fa servir expressions ben divertides —va dir en Dotzedits a la Cesca.

—De divertit, res —va remugar l'home—. M'han tirat closques d'ous i carxofes, i pastanagues, i un tros de col... Fins i tot un esclop! Malviatge!

—Em sap greu...

—No t'amoïnis, ja em passarà. Veig que véns acompanyat.

—Sí. És la Cesca, la meva millor amiga.

—Hola, Cesca —va dir el titellaire forçant un somriure—. Ja veus que m'has enxampat en un mal moment. Però és que quan he fet sortir el rei a escena aquella colla de salvatges m'han tirat mig mercat al damunt! —va dir tot recollint un tros de pastanaga.

—Tu deus ser de fora, oi? —va preguntar la Cesca.

En Marionetti es va mirar la noia encuriosit. Li arribava poc més amunt de la cintura i duia els cabells tan curts que recordava una mica un vailet.

—Sí, vinc de lluny —va contestar—. De fet, no m'estic mai gaire temps al mateix lloc. I en aquesta ciutat em sembla que no hi aguantaré ni un dia més... Com ho has sabut?

—Doncs perquè, si fossis de Marimunt, ni et passaria pel cap fer que el bo de la història fos el rei —va dir la Cesca, convençuda.

El titellaire es va mirar en Dotzedits interrogativament, com volent dir: «Amb què em surt la teva amigueta?»

—La Cesca té raó —va dir el noi—. En aquest país, el rei no és gens estimat pels seus súbdits.

Aleshores, els dos amics van explicar al titellaire la peculiar història de Marimunt, una història que, de fet, ells només havien viscut a mitges: l'afició manaire del rei Nicolau, el desengany que va tenir amb la princesa Elisenda, la dèria que li va agafar per fer rodolins, el malestar de tots els vilatans amb les ordres poètiques...

—Pel nas d'una bruixa vella! —va exclamar en Marionetti en acabar—. No havia sentit mai tantes bestieses juntes! Així, teniu un rei que està com un llum!

—Ell es pensa que és un gran poeta —va dir en Dotzedits.

—Com hi ha món... Ara entenc l'enrabiada de la gent amb el meu titella!

—Em sembla que aquest no és el millor lloc perquè hi facis les teves funcions... —va dir la Cesca.

—En això t'equivoques, vaileta! —va replicar l'home aixecant un dit enlaire—. Ara veig ben clar que he vingut al lloc ideal. Els artistes hem d'anar on se'ns necessita, i un país que té un rei que juga d'aquesta manera amb els seus súbdits necessita l'art com el pa que menja!

—Però... i l'esbroncada de fa una estona? —va recordar la Cesca.

—L'esbroncada no era pas per a mi, sinó per al vostre rei!

—Això vol dir que et quedes a Marimunt? —va preguntar, content, en Dotzedits.

—Ja ho crec! I em sembla que m'hi estaré una bona temporada! Per cert, Dotzedits —va afegir en Marionetti mirant les mans del noi—, ara que parlem d'artistes, et volia fer una proposta...

L'home va desaparèixer enigmàticament dins de la seva tartana i al cap d'un moment en va sortir amb alguna cosa entre les mans. Sense dir res, va treure amb molta cura la roba que embolcallava l'objecte i els el va mostrar.

—Un guitarró! —va fer la Cesca.

—No és ben bé un guitarró —la va corregir en Marionetti—, és un llaüt. Me'l va donar fa temps un marxant que anava carregat d'andròmines. Em va dir que havia passat per les mans d'un grapat de músics i poetes, però que estava tan atrotinat que si el volia me'l regalava.

—Doncs sembla nou de trinca! —va dir la Cesca.

—És clar, si saps fer un titella també pots apedaçar un llaüt. Que vinc d'una família d'artistes, jo!

En Dotzedits havia quedat tan meravellat, que va trigar una estona a obrir la boca.

—És preciós —va dir a la fi—. El puc agafar?

—I tant! De fet, d'això et volia parlar —va dir el titellaire mentre el noi es mirava l'instrument amb els ulls esbatanats—. T'agradaria aprendre a tocar el llaüt?

—Que si m'agradaria? Ja ho crec! De fet, diuen que el meu avi n'era un virtuós! Però jo no tinc instrument... ni un mestre que m'ensenyi a tocar-lo...

—Naps escalivats! Quina ximpleria tan grossa que acabes de dir! El llaüt ja el tens a les mans! I el mestre, davant dels nassos!

—Ho dius de debò?

—A tu què et sembla? Un Aventureri sempre parla de debò! No sóc pas tan hàbil com el teu avi, però me'n surto prou bé, i amb tants dits com tens estic convençut que pots arribar a ser un gran músic!

—Ho sents, Cesca? Aprendré a tocar el llaüt! —va dir en Dotzedits abraçant-se a la seva amiga—. Aprendré a tocar el llaüt! Però, Marionetti, mentre estigui aprenent de música no podré treballar amb el pare... I a casa som colla i no ens sobra de res...

—Per això no et preocupis, ho tinc tot pensat —i li va picar l'ullet.

14
ES FA FOSC

Els dos nois i el titellaire estaven tan a gust enraonant, que ni s'adonaven del pas de les hores, i quan en Dotzedits va arribar a casa ja era gairebé negra nit.

—Bufa, quines hores d'arribar —va rondinar la mare—. Ja començava a patir...

—Deixa'l, dona —el va defensar en Tomeu—. És normal que es vulgui distreure una mica. Això de fer de traginer no és gaire divertit... Oi, Dotzedits?

—Guaiteu què porto! —es va afanyar a dir el noi.

—Un llaüt! —va exclamar la Cecília—. Com el que tocava l'avi!

—Es pot saber d'on l'has tret? —va preguntar en Tomeu fent uns ulls com unes taronges.

Aleshores, en Dotzedits els va explicar la proposta que li acabava de fer en Marionetti: si ells hi donaven el vistiplau, a partir de l'endemà mateix el titellaire li ensenyaria a tocar el llaüt, i a mesura que n'anés aprenent, acompanyaria els titelles en les actuacions de la plaça. I era cert que si el noi feia de músic no tindria temps per traginar mercaderies, però això no havia de ser cap problema, perquè en Marionetti li havia promès que, si la cosa rutllava, una part de les propines anirien directament a la seva butxaca.

A en Tomeu i la Cecília els va fer molta il·lusió que el seu fill volgués tocar el llaüt com havia fet l'avi, i també pensaven que els aniria molt bé que entressin unes quantes monedes més a casa. Però, alhora, els feia una mica de basarda que en Dotzedits s'aficionés a un instrument com aquell en un país com Marimunt, on tot el que tenia a veure amb els poetes semblava exclusiu del manaire del rei Rodolí...

Finalment, van decidir donar permís al noi perquè acceptés la proposta del titellaire: ben mirat, bé havia d'aprofitar els dos dits de més que tenia, i hauria estat ben ximple deixar passar una oportunitat com aquella!

En arribar la nit, en Dotzedits estava tan content, que va tenir feina a adormir-se.

Pensava que era molt afortunat d'haver conegut algú com en Marionetti, i també de tenir una amiga com la Cesca, i uns pares com en Tomeu i la Cecília... I fins i tot d'haver nascut en un país com Marimunt.

Llàstima que el rei Rodolí sempre estigués a punt per fer la guitza...

15
El poema d'en Roc

De bon dematí, l'enrenou d'una patrulla de la guàrdia reial que passava pel carrer va despertar en Dotzedits.

«Quin rebombori!», va pensar mentre treia el cap per la finestra. «A veure si n'ha passat alguna de grossa...»

I just quan els soldats es perdien pel final del camí, va sentir una veu que xiuxiuejava:

—Eh! Dotzedits!

En Dotzedits va mirar a dreta i esquerra, però no va veure ningú.

—Aquí dalt! A l'arbre!

—Roc! Què fas tan aviat abastant cireres?!

—No cullo pas cireres! M'he enfilat per fugir de la guàrdia! Obre'm la porta, si et plau!

En Dotzedits va córrer a fer el que li demanava el seu company d'estudi, que va entrar a la casa panteixant.

Quan el pobre noi es va haver calmat, va començar a explicar com havien anat els fets.

Aquell dia, en Roc de ca l'Ample s'havia llevat de fosc i havia sortit a passejar per la ciutat. Darrerament ho feia sovint: la filla petita de cal flequer feia temps que li tenia el cor robat, i les llargues nits d'insomni eren el pa de cada dia. Deambulant pels carrers deserts, havia arribat a la plaça Rodolina, just quan apuntava l'alba, i, commogut per la bellesa del cel rogent, s'havia enfilat a la gran alzina que hi senyoreja per veure sortir el sol entre les muntanyes. I allà, amb la mirada perduda a l'horitzó, notant l'escalfor dels primers raigs de sol i pensant en la seva estimada, li havia vingut la inspiració...

Mentre a can Dotzena en Roc explicava com havia anat tot, al palau de Marimunt dos membres de la guàrdia reial amb ganes d'aconseguir un ascens informaven el rei Rodolí del seu descobriment:

—Veníem cap a palau després del torn de nit —deia un—, i just quan hem passat per sota l'alzina gran, hem sentit una veu que recitava:

Sense son i sense gana,
passejant de matinada,
penso en la meva estimada,
que és més bella que l'albada...

—Mira, encara se'm posa la pell de gallina... —va xiuxiuejar l'altre.

—Ehem! —va dissimular el primer clavant un cop de colze al seu company—. I ens hem dit: «Diantre! Això és que algú intenta fer la competència a l'únic gran poeta de Marimunt: el nostre estimadíssim rei Rodolí,...

—...rei de Marimunt, la seva gent i tots els versos que...» Com anava? Vaja, i tota la resta.

—I com que no hem vist ningú en tota la plaça, se'ns ha acudit mirar enlaire.

—Que espavilats que som, oi?

—I dalt d'una branca, mirant l'horitzó amb una cara de son que espantava, hi havia el noi de ca l'Ample recitant aquell preciós, vull dir... fastigós poema d'amor!!!

Aleshores, els dos guardians van quedar en silenci, esperant la reacció del seu rei.

—Vaja, vaja... —va fer l'home, molt seriós, des del seu tron—. Així que hi ha súbdits que em volen fer la competència...

—I no només això, Altesa! —va continuar el guàrdia que duia la veu cantant—. Quan li hem etzibat que què s'havia pensat d'intentar fer-vos ombra amb els seus versos, ell que sí que ens ha contestat: «Una sola fulla d'aquesta alzina pot fer ombra a un poeta tan mediocre com el rei de Marimunt!»

—Que està ben trobat, les coses com siguin... —va dir fluixet el guardià menys xerraire.

—Això us ha dit, aquell desvergonyit? —va cridar el rei Nicolau posant-se dret—. Quina irreverència! I quina arrogància! Porteu-me'l ara mateix. Li he d'imposar un càstig exemplar!

—Que us el portem...? És que...

—És que què??? —va cridar el rei.

—És que... després de dir això ha saltat de l'arbre i ha fugit corrent per un carreró estret... —va dir l'un.

—I com corria! —va afegir l'altre.

—En un tres i no res l'hem perdut de vista.

—Ja n'arribeu a ser, d'inútils! —va tornar a cridar el rei—. Només a vosaltres se us pot escapar algú de ca l'Ample per un carreró estret! —va dir després, deixant-se caure altre cop al tron—. Bé, tant se val... De tota manera, això no quedarà així. Els vilatans de Marimunt pagaran la seva rebel·lia! Feu venir el conseller Amadeu immediatament!

—Sí, Majestat —va dir un dels guardians tot fent una reverència.

—Uix, que em sembla que ens hem quedat sense galons... —va remugar l'altre entre dents.

16
ADÉU POEMES I CANÇONS...

A mig matí, veient que feia estona que ja no passaven soldats, en Roc i en Dotzedits es van decidir a sortir de casa. Semblava que finalment els homes del rei havien desistit de buscar el noi de ca l'Ample.

—Al capdavall, l'únic que he fet ha estat intentar compondre un poema d'amor! —es defensava encara el pobre Roc mentre es dirigien a la ciutat.

Quan van arribar a la plaça Rodolina, els dos nois es van acomiadar i cadascú va fer el seu camí. En Roc va anar cap a casa seva, a intentar recuperar les hores de son perdudes, i en Dotzedits va enfilar un carreró amunt carregat amb un parell de fardells que havia de repartir.

Així que va tenir la feina enllestida, el noi de can Dotzena va decidir anar a visitar el seu amic titellaire.

A aquella hora, la plaça estava atapeïda de gent, i l'ambient que s'hi respirava era d'allò més pintoresc: hi havia pagesos venent fruites i hortalisses, vinaters envoltats de bótes i bocois, ramaders mostrant el millor bestiar, artesans oferint els seus productes, pidolaires demanant almoina, mainada corrent amunt i avall... Gairebé tota l'activitat de la ciutat es concentrava en aquell lloc.

Tot i l'ambientàs, però, al voltant del carruatge d'en Marionetti no s'hi veia ni una ànima.

Estranyat, en Dotzedits va fer la volta al teatret, va passar per sota del tendal i va donar un cop d'ull a l'interior de la tartana.

En un primer moment, enlluernat encara per la llum de la plaça, no hi va poder distingir res, i només va sentir uns ronquets estridents que venien de molt a prop. Però així que es va acostumar a la foscor va poder veure una hamaca de xarxa que penjava del sostre amb algú dormint a dins.

—Marionetti?

—Mmmmss... Bon dia, Tretzed... Dotzedits —va remugar el titellaire, mig adormit.

—Encara clapes?

—Ara ja no... M'acabes de despertar... Uaaaahh!

—Jo que em pensava que ja estaries fent la funció del matí!

—Avui em sembla que faré festa... Aquesta nit he estat fent tabola amb en Roger de la taverna i hem tornat quan sortia el sol. Quin paio més divertit, en Roger...

—Ara ho entenc... —va fer el noi—. I no has sentit res d'estrany a aquelles hores?

—Res d'estrany? Mmm... Ara que ho dius, quan m'he estirat se sentien crits i corredisses... He pensat que era sorprenent que encara hi hagués gent que volgués més gresca.

—Doncs anaves ben errat: era la guàrdia reial, que empaitava en Roc per haver recitat un poema! Tot i que per sort els ha pogut despistar...

—Que empaitaven un xicot per fer un poema?! —va exclamar en Marionetti—. Aquest rei està pitjor del que em pensava! Malviatge... Encara em farà llevar de mala lluna!

—Espera, que també et porto una bona notícia!

—A veure...

—Els meus pares m'han donat permís per ser el teu alumne!

—Que em punxi un eriçó! Això ja m'agrada més! —va cridar com si s'hagués desvetllat de cop—. Doncs quan vulguis podem començar!

—Per mi, ara mateix! Estic impacient per acompanyar els teus titelles amb el llaüt!

—No et preocupis, ho podràs fer més aviat que no et penses. Tot i que, abans, haurem de rumiar una altra història. No voldria tornar a acabar amb el teatret ple d'ous i verdures!

—Home..., jo conec bé el país —va dir en Dotzedits—. Si vols, et puc ajudar a escriure una obra nova que no ofengui ningú.

—Escriure? M'estàs dient que saps escriure, marrec?

—És clar que sé escriure! Que no saps qui sóc? En Dotzedits, fill de la Cecília i el gran Tomeu de can Dotzena, antic pregoner del rei Nicolau, el millor mestre improvisat de Marimunt i tot un artesà de les paraules...

—Ha, ha, ha! Veig que aprens ràpid, Dotzedits! Molt ràpid! Em sembla que tu i jo farem un bon equip!

Just en aquell moment, el corn del pregoner reial va interrompre la conversa, i en Dotzedits i en Marionetti van sortir esperitats de la tartana. El nunci estava plantificat al bell mig de la plaça, dalt del seu cavall blanc, mirant la multitud amb un paper mig cargolat a les mans.

Es va fer un silenci absolut. Tothom estava a l'expectativa. Des de feia temps, els missatges reials acostumaven a ser ordres poètiques del rei Rodolí, i ningú no tenia ganes de ser el protagonista de cap d'aquelles rimes absurdes.

En aquella ocasió, però, no es tractava de cap ordre per a un habitant concret, sinó d'una greu advertència per a tota la població de Marimunt.

—Per ordre del rei —va començar el nunci—, es recorda a tots els vilatans de Marimunt que, tal com estableix la llei, l'únic gran poeta del regne és Sa Majestat el rei Nicolau, autoproclamat rei Rodolí de Marimunt, la seva gent i tots els versos que s'hi estiguin fent. Dit això, i per assegurar que cap habitant tingui la pretensió de fer ombra al gran poeta Nicolau, s'estableix que queda completament prohibit compondre, recitar o cantar poemes, estrofes, versos o rodolins sense el seu consentiment. Per garantir que així sigui, a partir de demà mateix l'honorable conseller Amadeu dirigirà una nova secció de la guàrdia reial: la guàrdia rodolina, formada pels soldats amb l'orella més fina, que recorreran d'incògnit tot el país molt atents al que s'hi faci i, sobretot, al que s'hi digui.

Aquell que sigui enxampat incomplint aquest precepte quedarà sotmès al que la sagrada inspiració del bon rei decideixi, ja que rebrà com a càstig una ordre poètica per cada vers que hagi compost o recitat. Així ho vol el rei, i així es farà. Visca el rei Rodolí!

Després de sentir aquell missatge, la gent estava tan enrabiada que més d'un va estar temptat d'apedregar el pobre nunci, que, al capdavall, només s'havia limitat a llegir el que li havia encomanat el rei.

Amb els punys tancats, en Marionetti va tornar a entrar al carruatge proferint més renecs i expressions estranyes que mai:

—Quina colla de cagaferros, el rei i la seva cort de llepes! Com se'ls pot acudir prohibir la poesia? Que tenen l'ànima coixa? Mal llamp! Així els espeteguin les ordres poètiques als morros! Menja-ronyes! Curts de seny! Caps de rata!

En Dotzedits, que fins aleshores no havia badat boca, va entrar a la tartana darrere el titellaire i es va asseure en un racó tot pensatiu.

—Aquest cop, el rei l'ha feta molt grossa —va dir al cap d'una estona—. No ens podem quedar de braços plegats.

Després, va agafar el llaüt, se'l va posar a la falda i el va amanyagar molt dolçament.

Tercera part
Tallem els fils!

L'home de la capa va fer un altre glop d'aigua i es va tornar a abrigar de seguida. Des de feia estona, parlava amb la mirada perduda a l'horitzó, com si en algun punt de la llunyania —potser en un dels nuvolots que acabaven d'aparèixer— hi veiés tot el que anava dient.

Nosaltres l'escoltàvem molt atents, en silenci, arrambats l'un amb l'altre per protegir-nos de la fresca que s'havia girat.

—Ara la història és una mica trista... —va dir la Pia, mig rondinant.

—És tal com me la van explicar —va respondre l'home.

D'un salt, em vaig posar dret i vaig arrencar una branca seca del pollancre, i fent com si brandés una espasa vaig cridar:

—Si jo fos en Dotzedits, aniria al palau del rei i li diria: «Si no vols provar la meva espasa, ja pots marxar de Marimunt!». I llavors hi posaria un altre rei que fos bona persona i sabés manar.

—Molt bé, Marçal! —em va animar la meva germana picant de mans—. Fora el rei Rodolí!

Veient-nos tan combatius, l'home de la capa es va posar a riure.

—Ha, ha! Ja veig que ho hauríeu resolt aviat, vosaltres. Però quan es tracta de la reialesa, la cosa no és tan senzilla. Els reis són reis perquè són fills dels reis anteriors, que són fills dels d'abans, que també ho havien estat pel mateix motiu, i així durant segles... A més, en aquell temps tenien molt poder i molts homes al seu servei, i era molt difícil que algú que vivia com un rei es deixés prendre el tron.

—Però els habitants de Marimunt bé havien de fer alguna cosa! —vaig protestar aixecant l'espasa altra vegada.

—Fins aleshores, havien estat tan atrafegats complint les ordres del rei que amb prou feines havien tingut temps de pensar a revoltar-se. Però això no va ser sempre així. Després de la darrera atzagaiada del rei, alguna cosa havia canviat...

17
Els orelluts

En aquell temps, els refranys, les endevinalles, les corrandes, els poemes... tot el que consistia a jugar amb les paraules era molt important al regne de Marimunt. I és per aquest motiu que la nova norma del rei Rodolí va representar un cop molt dur per a tots els seus habitants.

L'endemà mateix de la visita del nunci, van començar a aparèixer els primers membres de la guàrdia rodolina, i al cap d'un parell de dies ja n'hi havia per tots els racons del país. Per passar desapercebuts, anaven disfressats de camperols o d'artesans, i estaven tot el dia pendents del que la gent deia i deixava de dir: s'amagaven sota els balcons per escoltar les converses entre els veïns, s'apropaven mig d'amagatotis a les tertúlies que es feien a la plaça, s'enfilaven dalt dels arbres de les vores dels camins, pendents dels vianants que hi passaven per sota... Fins i tot n'hi havia que paraven l'orella a les portes i finestres de les cases. Estaven tan obsessionats per sentir tot el que es deia al seu voltant, que ben aviat la gent els va haver batejat amb un nom ben escaient: els orelluts.

Durant una temporada, els orelluts van ser el malson dels habitants de Marimunt. Detenien sense cap mirament tothom que segons ells incomplia la nova ordenança reial: segadors que cantaven mentre treballaven, monjos que resaven en veu alta, avis que recitaven endevinalles als seus néts, mares que cantaven cançons de bressol... Filaven tan i tan prim, que fins i tot havien arrestat més d'un rimaire involuntari, com va passar amb en Ramon dels melons, un venedor de fruita de la plaça:

—Senyor, senyor! Vol tastar aquest meló? —havia dit en Ramon a un orellut que passava per allí.

—Ahà! T'he ben enxampat! —li va respondre l'home—. Sóc un membre de la guàrdia rodolina camuflat! I acabes d'incomplir la llei del rei!

«Òndia, un orellut!», va pensar en Ramon dels melons.

—No sé pas de què em parla —li va dir—. Jo no he incomplert res...

—Ah, no? Has dit: «Senyor, senyor! Vol tastar el meu meló?».

—I quin mal hi ha? Si són ben dolços...

—Doncs que *senyor* i *meló* fan un rodolí, gamarús! —va insistir l'orellut.

—Ep! Sense faltar!

—Ja em pots acompanyar cap a palau, que has de rebre una ordre poètica per haver fet un rodolí!

—Diantre! Però no s'ha adonat que ha estat casualitat?

—Apa! A més, reincident! Acabaves de fer un altre rodolí! Rebràs dues ordres poètiques!

—Bufa... —va dir a la fi en Ramon—, em sembla que val més que calli, que amb la feina que tinc només em falta anar rebent ordres...

Amb el pas del temps, però, la gent de Marimunt va anar aprenent a reconèixer els orelluts, ja que, per més que anessin guarnits amb vestimentes normals i corrents, hi havia uns quants trets que gairebé sempre els delataven: solien anar de dos en dos, com les cireres, i mai a pas lleuger, sinó passejant com qui no té res millor a fer. Moltes vegades xiulaven distretament, amb la vista perduda al cel, interessats pels núvols o els ocellets que volaven, però així que badaves boca et fitaven de cua d'ull i se t'apropaven dissimuladament. Si s'havien disfressat amb presses, era habitual que encara portessin les sandàlies de soldat, o unes malles ben estretes o fins i tot el casc de sentinella. Però el tret més distintiu, el que definitivament garantia que es tractava d'un autèntic orellut, era que, per més temes de conversa que els traguessis, només sabien parlar d'una cosa: del temps.

Tots aquells descobriments van ser d'allò més útils als homes i les dones de Marimunt. Ara sabien exactament en quin instant del dia no hi havia cap orellut que els vigilés, i el podien aprofitar per dir alguna endevinalla, recitar un parell de poemes o cantar una cançó. Malgrat tot, però, en un país sotmès a una llei tan estricta com la del rei Rodolí, aquells breus moments de calma eren només com petits oasis en un desert. I amb això la gent no en tenia prou.

18
Actuacions en equip

Tal com havia pronosticat en Marionetti, a en Dotzedits no li va costar gens aprendre a tocar les primeres cançons amb el llaüt. Amb només unes quantes setmanes en va tenir prou. I no només això: uns mesos més tard, el noi de can Dotzena ja havia progressat tant que avantatjava, i de molt, el seu professor.

El titellaire estava cofoi com ell sol de tenir un deixeble tan aplicat, i ben aviat li va proposar d'acompanyar-lo en les seves funcions. Com us podeu imaginar, el noi va acceptar encantat l'oferiment del seu mestre, i, en molt poc temps, els titelles de la plaça Rodolina van agafar anomenada per tot el país. Les històries que ara s'hi representaven —sempre acompanyades pel virtuós llaüt d'en Dotzedits— no tenien res a veure amb la que el primer dia va desfermar la fúria

dels espectadors. Ara, el titella que feia de rei sortia sempre malparat, i a vegades fins i tot rebia alguna garrotada dels seus companys d'escenari. No cal dir que tot plegat feia les delícies del públic, que a cada plantofada irrompia en aplaudiments d'aprovació. Però el que aixecava més passions entre la concurrència no eren els cops de garrot ni l'acompanyament musical d'en Dotzedits. El més esperat de tot era, sens dubte, els versos i rodolins que de tant en tant pronunciaven els putxinel·lis. En escoltar-los, la gent sentia una barreja de por i alegria difícil de descriure, una sensació que tant els empenyia a picar de mans, com els feia emmudir sobtadament o els provocava unes ganes irrefrenables d'esclatar a plorar d'emoció.

Tanmateix, res d'això no hauria estat possible si no hagués estat pel tercer membre de l'equip: la Cesca. Poc abans de començar les funcions, la noia s'enfilava a la gran alzina de la plaça, un punt estratègic des d'on podia veure tota la gent que s'acostava al teatret. Si entre la multitud detectava una parella d'orelluts, immediatament feia un xiulet als seus companys i, a l'instant, canviaven l'escena que estiguessin representant per una altra de menys compromesa. Quan s'acabava l'espectacle, l'amiga d'en Dotzedits baixava de l'arbre i, amb el barret de plomes d'en Marionetti, recollia les propines dels espectadors.

Malgrat totes aquestes precaucions, però, els membres de la guàrdia rodolina s'ensumaven que al voltant d'aquell teatret no hi havia un pam de net.

—Estrangerot, vés amb molt de compte amb el que dius! —advertien en Marionetti—. Encara que vagis disfressat de bufó, no ens fas cap mena de gràcia...

—I ara, però si no bado boca, pobre de mi! —responia ell amb to burleta—, són els meus titelles els que sempre xerren!

—Tu vés rient, que el dia que t'enxampem fent-ne alguna, Sa Majestat t'etzibarà un feix d'ordres poètiques que et deixarà distret! —insistien els orelluts—. El millor que pots fer és agafar els trastos i fugir lluny d'aquí!

—Quina casualitat! —deia ell—. Justament ara estava a punt de fer la maleta! He decidit que la setmana que ve me'n vaig a Muntimar!

—Poca-solta! Això ja ens ho vas dir la setmana passada! I l'altra, i l'altra, i l'altra!

—Us asseguro que aquest cop va de debò!

—Val més que sigui veritat, pel teu bé...

Però en Marionetti no tenia cap intenció de deixar Marimunt; s'ho passava massa bé fent titelles amb aquells ajudants tan eixerits. A més, sabia que amb cada funció que feien aconseguien que, malgrat la situació en què es trobava el país, la gent de Marimunt se sentís un xic més feliç.

El que el titellaire no sospitava era que amb la música d'en Dotzedits encara podien arribar molt més lluny.

19
EL SECRET D'EN DOTZEDITS

Una tarda de març, just després de la darrera funció del dia, en Dotzedits va revelar un secret al seu amic titellaire:

—Marionetti, et puc explicar una cosa? —li va dir.

—Sí, home, és clar. De què es tracta?

—M'estimo més que primer entrem a la tartana...

—Pinyolet, quin misteri!

Quan van ser a dins, en Dotzedits va córrer les cortines del carruatge i es va asseure amb el llaüt a les mans. Després, va passar els dits per sota les cordes de l'instrument, els va ficar per l'orifici central i, amb molta cura, en va treure un paperet cargolat.

En Marionetti se'l mirava intrigat, amb els ulls ben oberts, preguntant-se què diantre devia estar fent el seu amic.

—Saps? Aquesta nit gairebé no he dormit —va dir en Dotzedits.

—Heus aquí per què fas aquestes ulleres! De tota manera, per això no t'has de preocupar, ja saps que jo també perdo les nits, de tant en tant...

—És que no he dormit perquè estava component aquesta cançó —va dir descargolant el paperet.

—Bufa, veig que t'agraden les emocions fortes! —va exclamar rient en Marionetti—. Per compondre cançons a Marimunt s'ha de ser tot un valent!

—Te la puc cantar?

—A tu què et sembla? És clar que sí! Però ho hauràs de fer amb veu de formiga, que si no d'aquí a un moment tindrem una plaga d'orelluts a la porta.

Aleshores, en Dotzedits va agafar el llaüt i, amb un fil de veu, es va posar a cantar:

Mana un rei, al meu país,
que fa anar tots els seus súbdits
com si fóssim uns titelles.
No es recorda res igual
en aquesta terra meva;
no ho recorden els més joves
ni les persones més velles.

Ja n'hi ha prou de complir ordres,
ja n'hi ha prou de ser servils.
Agafem les estisores
i tallem arran els fils!

Un mal dia el senyor rei,
per amor a una princesa,
decidí fer-se poeta.
Tots hi vam sortir perdent
per aquella donzelleta:
nosaltres, la llibertat,
ell va perdre la xaveta.
Ja n'hi ha prou de complir ordres,
ja n'hi ha prou de ser servils.
Agafem les estisores
i tallem arran els fils!

Per si no en teníem prou,
al cap d'una temporada
va prohibir cançons i rimes.
Doncs ja no podíem fer
dues coses tan boniques
com cantar o fer poesies
per a aquells que més estimes.
Ja n'hi ha prou de complir ordres,
ja n'hi ha prou de ser servils.
Agafem les estisores
i tallem arran els fils!

Qui no canta ni treballa
en allò que més li agrada
aviat té l'ànima morta.
Per això tots els titelles
que estem tips que el rei ens mani
avancem amb pas valent
i cantem amb veu ben forta:
Ja n'hi ha prou de complir ordres,
ja n'hi ha prou de ser servils.
Agafem les estisores
i tallem arran els fils!

Quan en Dotzedits va aixecar els ulls del paperet, va veure en Marionetti mirant-se'l fixament, amb la boca mig oberta. L'home es va estar així una bona estona, sense moure's ni dir res. Fins que el noi li va preguntar:

—Així..., què t'ha semblat?

—Que què m'ha semblat? —va respondre a la fi el titellaire—. Acabes de deixar tot un Aventureri sense paraules! Això és més que una cançó, és un himne! Ets un virtuós de les notes i els versos, marrec!

—De debò que t'ha agradat?

—Ja ho crec! M'ha entusiasmat! M'ha tocat la fibra! M'ha remogut les entranyes! Només l'he escoltada un cop i ja és com si la conegués de tota la vida!

—Que bé! L'he titulada *La cançó dels Sense Fils* —va explicar en Dotzedits—. Llàstima que...

—Llàstima que què?

—Que no la pugui cantar davant del rei Rodolí. M'agradaria tant!

—Mmm... Sí, és clar, davant del rei... Ja m'ho imagino... —va dir el titellaire, pensatiu. I va afegir fent un somriure de murri—: Saps què? Deixa'm aquesta nit per rumiar-hi una mica. Potser el titella Marionetti hi pot fer alguna cosa...

20
EL REGAL D'EN MARIONETTI

L'endemà al matí, així que en Dotzedits i la Cesca van entrar a la tartana, van veure dues capses de fusta plantificades damunt del bagul. Al costat, en Marionetti preparava els decorats per a la primera actuació del dia, i estava tan concentrat, que ni tan sols no s'havia adonat de l'arribada dels seus amics.

—Què hi ha en aquestes capsetes? —va preguntar de seguida la Cesca.

—Pel vi picat de la bóta! —va exclamar el titellaire tombant-se de cop—. M'has ben espantat!

—Ui, perdona, Marionetti... Què hi ha aquí dins?

—Aquí dins? Bé... Aquestes capses...

—En una hi ha el meu nom escrit! —el va interrompre en Dotzedits.

—I a l'altre el meu! —va observar la noia.

—Això és el que us volia dir. Són un regal per a vosaltres!

Els dos nois es van mirar estranyats.

—Que no m'heu sentit? —va insistir el titellaire—. Són un regal per als millors amics que tinc a Marimunt! Penseu obrir-les o ho hauré de fer jo?

Empesos per aquelles paraules, els dos amics les van agafar i en van mirar l'interior.

—Són plenes de palla! —va rondinar la Cesca.

—Espera, a sota hi ha alguna cosa... —va dir en Dotzedits amb la mà dins la capsa. I amb molt de compte en va treure el contingut.

Era un titella de fils. Però no un titella de fils qualsevol. Representava un noiet amb la boca oberta, guarnit amb uns calçons negres i un gipó de color verd, i duia un barret d'ala ampla amb tot de plomes enganxades. I el més sorprenent de tot: a les mans hi portava un llaüt.

—És un noi que toca el llaüt! Com jo! —va exclamar en Dotzedits.

—Només «com tu»? —va fer en Marionetti—. Compta-li els dits! Que he tingut una feinada per fer-los...!

El noi va fer el que li demanaven.

—Té dotze dits! Toca el llaüt i té dotze dits! Sóc jo!

Mentrestant, la Cesca havia tret de sota la palla un titella a imatge seva: galtavermell, amb els ulls grossos i vius, els cabells curts, vestit amb robes blaves i grises...

—Alça! I aquesta sóc jo! —va exclamar la noia.

—I no us penseu que m'he oblidat de mi! —va dir en Marionetti ensenyant-los un titella de rei amb dues erres gravades al vestit—. Jo també tinc un titella nou: un rei Rodolí!

Aleshores, el titellaire els va explicar el seu pla.

Des que havia sentit cantar en Dotzedits, la cançó no li havia parat de ressonar dins del cap, i, igual que al noi, també a ell li havien vingut unes ganes enormes de cantar-la en presència del rei. I va ser per aquest motiu que se li va acudir fer aquells tres titelles. Així, al final de l'actuació, el putxinel·li d'en Dotzedits agafaria el llaüt i es posaria a tocar la cançó; el de la Cesca, la cantaria, i el de rei Rodolí l'hauria d'escoltar tant si volia com si no. I tot, davant dels espectadors!

La veritat és que tot plegat era força perillós, però bé havien d'intentar fer alguna cosa!

21
TALLEM ELS FILS!

Els tres amics van decidir posar a prova el pla aquell mateix matí.

Van començar l'espectacle a l'hora de sempre, com si tot hagués de ser com els altres dies. Però, en aquella ocasió, un neguit creixent els rosegava per dins. Sabien que el que estaven a punt de fer no era res dolent, però també eren conscients que, segons com anessin les coses, es podien ficar en un bon embolic.

La funció va transcórrer amb normalitat, sense que cap espectador sospités el sorprenent final que els esperava. Quan l'obra ja estava a punt d'acabar-se, la Cesca va baixar de l'alzina i, d'una correguda, es va anar a reunir amb els seus companys. Havia arribat l'hora de passar a l'acció. Ho havien de fer tot molt de pressa; si no, els orelluts els enxamparien i tot plegat se n'aniria en orris.

Tal com ho havien planejat, primer, en Marionetti va fer entrar els tres titelles a escena, amb un decorat de fons que representava un mar i una serralada de muntanyes boscoses. Després, es van començar a sentir els acords del llaüt d'en Dotzedits. I, finalment, la Cesca es va posar a cantar:

Mana un rei, al meu país
que fa anar tots els seus súbdits
com si fóssim uns titelles...

La gent que hi havia a la plaça no s'ho podia creure. Feia tant de temps que no sentien cantar algú d'aquella manera, sense amagar-se de res ni de ningú! Però l'estupefacció encara va créixer quan es van adonar del que explicava la lletra de la cançó: el vailet del llaüt i la seva amiga estaven dient exactament el que tots ells pensaven! I davant d'un rei Rodolí!

Quan es va acabar la cançó, una ovació impressionant va irrompre a la plaça. Aquella escena final havia commogut tothom. I també havia encès els ànims a més d'un.

—Jo tampoc sóc cap titella! —va cridar una dona entre la gentada.

—Ni jo! —va contestar un altre.

—Fuig d'aquí, rei Rodolí!

—Tallem els fils, tallem els fils! —se sentia.

Però la cridòria es va acabar de cop quan algú va advertir de l'arribada d'una parella d'orelluts.

En un instant, a la plaça hi va haver una esbandida general, i quan van arribar els guardians gairebé ja no hi quedava ningú.

—Es pot saber què passa aquí? —va cridar un d'ells.

—Sí, què és aquest xivarri? —va preguntar l'altre adreçant-se a en Marionetti—. Hem sentit algú que cantava!

—Algú que cantava? —va repetir el titellaire—. Us ho deu haver semblat... Calla! O potser era el titella de músic que dedicava una cançoneta al seu estimat rei!

—Titellaire, no ens prenguis el pèl, que ja sabem quin peu calces... No volem cançons de cap mena! Entesos?

—Què et sembla, arrestem el titella? —va dir l'altre orellut.

—No diguis bajanades! El que hem de fer és anar a passar un informe al conseller Amadeu —va dir posant-se a caminar cap a palau—. Aquest pollastre i els seus titelles em fan més por que una pedregada.

22
PELL DE GALLINA

L'actuació d'aquella tarda va ser la més multitudinària des que en Marionetti havia arribat a Marimunt. La notícia que els titellaires de la plaça havien cantat una cançó de revolta s'havia escampat per tota la ciutat, i ara tothom tenia ganes d'escoltar-la.

Era tanta l'ànsia de la gent, que fins i tot es va haver d'interrompre l'obra abans que s'arribés al final.

—Que cantin! Que cantin! —cridaven els espectadors.

Els tres amics s'ho miraven estupefactes des de darrere el teatret.

—Quina gentada! —va dir la Cesca traient el nas entre els cortinatges—. Tothom vol sentir la teva cançó, Dotzedits!

—Mentre els orelluts no ens vinguin a molestar... —va dir el noi.

—Amb la colla que som, no crec que aquells galifardeus gosin acostar-se —va opinar en Marionetti—. De tota manera, val més que estiguem ben alerta... Som-hi, nois!

I, sense pensar-s'ho dues vegades, van començar l'actuació.

El que va passar després és difícil d'explicar amb paraules. Igual que al dematí, els primers que van entrar a escena van ser els tres titelles de fils, guiats per la mà experta d'en Marionetti. Tot seguit, en Dotzedits va agafar el llaüt i va començar a tocar la cançó. I, finalment, el cant de la Cesca es va incorporar a la resta. Però un fet inesperat va canviar del tot el curs de l'actuació. Just en arribar a la tornada, una munió de veus va irrompre de sobte a l'altra banda del teatret: els homes i les dones de Marimunt també tenien ganes de cantar! A ells tampoc no els agradava que el rei Rodolí els fes anar com uns titelles!, ni que els obligués a complir ordres sense solta ni volta!, ni que els prohibís cantar i parlar amb llibertat!

Com us podeu imaginar, els tres amics no cabien a la pell de satisfacció.

—Per la cuixa d'una bruixa jove! —va exclamar en Marionetti—. Amb els anys que

fa que em dedico a l'ofici i mai no m'havia passat res semblant!

—A mi se m'ha posat la pell de gallina i tot! —va dir en Dotzedits, emocionat.

La Cesca, que no es volia perdre cap detall del que passava, es va enfilar a la roda del carruatge per veure més bé l'espectacle.

—És impressionant! —va dir amb la mirada perduda a la plaça—. No hi cap ni una agulla... Ui! I ara arriba més gent!

—A veure si no hi cabrem! —va bromejar el titellaire.

—Doncs són una bona colla... Segurament més d'una cinquantena! O potser un centenar i tot! Diantre! Però què veig! Són orelluts! —va cridar la Cesca, esverada—. És la guàrdia rodolina en pes!!!

—La guàrdia rodolina? —va dir en Dotzedits enfilant-se a la roda—. Òndia, és veritat! I vénen directe cap aquí!

Just en aquell moment, els vilatans que hi havia a la plaça es van adonar del que passava, i els cants que s'havien sentit fins aleshores es van convertir en xiscles i corredisses.

—Esclops escalivats! —va cridar enfurismat en Marionetti—. Quins aixafaguitarres, aquests xitxarel·los! Segur que ens vénen a buscar a nosaltres!

En Dotzedits i la Cesca van baixar esperitats de la roda i es van quedar mirant el titellaire. Esperaven que, com en moltes altres ocasions, ell els digués què havien de fer.

Aquesta vegada, però, en Marionetti no deia res.

23
TOTHOM A CÓRRER

—De pressa, cobriu-vos amb aquests sacs i seguiu-me —va fer una veu darrere seu.

Des del costat de la tartana, un noi rabassut els feia senyals amb la mà.

Anava guarnit amb una caputxa esquifida que amb prou feines li cobria la closca, i acabava de deixar tres sacs atrotinats al costat del teatret.

—Rebufa! D'on ha sortit aquest! —va fer en Marionetti tombant-se de cop.

Tot i la indumentària, en Dotzedits de seguida el va reconèixer.

—Roc! Què hi fas, aquí?

—Diantre, m'has conegut? —va fer el noi—. Jo que em pensava que anava tan ben disfressat... He vingut a donar-vos un cop de mà.

—I com has sabut que necessitàvem ajuda? —va preguntar la Cesca.

—Doncs, mira, aquest matí us he vingut a veure i... l'actuació ha estat fantàstica, de debò, però es veia d'una hora lluny que la cosa acabaria malament!

—Es nota que a tu ja t'han empaitat una vegada... —va recordar en Marionetti.

—Ja ho pots ben dir —va reconèixer en Roc—. Però prou xerrameca, que els orelluts ja gairebé són aquí. Au, seguiu-me!

Mig amagats amb els sacs, tots tres es van posar a caminar darrere les passes del noi de ca l'Ample. Van resseguir la paret de migjorn l'un darrere l'altre, gairebé sense gosar mirar enrere, van arribar al mateix carreró per on en Roc s'havia escapat el primer cop, i, finalment, van arrencar a córrer carrer amunt amb totes les seves forces. Però just quan estaven a punt d'agafar el primer trencall, en Dotzedits es va aturar en sec.

—El llaüt! —va exclamar—. Me l'he deixat!

Sense que els seus companys se n'adonessin, el noi va girar cua disposat a recuperar l'instrument. Va desfer el carrer estret, va tornar a la plaça, va resseguir altre cop la paret de migjorn i, finalment, va arribar al teatret. Així que va tenir el llaüt a les mans, va deixar anar un gran sospir d'alleujament. Però la tranquil·litat va durar ben poc: la primera patrulla de la guàrdia rodolina s'acabava d'aturar davant del carruatge. Sense temps per a res més, en Dotzedits es va llançar a terra i es va amagar sota la tartana.

—Entreu i regireu-ho tot —va dir una veu—. Valentí, segur que corrien per aquí, aquella xusma?

—Ja ho crec! —li van respondre—. Jo mateix he sentit com cantaven una cançó contra el nostre rei. Era escandalós! Per cert, conseller Amadeu..., oi que em sabreu recompensar tanta fidelitat?

—D'això, ja en parlarem. Ara el que vull és arreplegar el titellaire i aquell parell de marrecs.

—Senyor conseller —va cridar algú amb aire de soldat—, hem mirat tots els racons i no hi hem trobat ningú!

—Malviatge! Se'ns han escapat!

—Què vol que fem?

—L'estranger ja deu fer camí cap al seu país..., el molt covard. Però els nois no poden haver anat gaire lluny.

—El que toca el guitarró és fill d'en Tomeu de can Dotzena, l'antic nunci de Sa Majestat... —es va afanyar a dir en Valentí.

—Així m'agrada, Valentí, que col·laboris. Doncs l'anirem a buscar a casa seva! S'endurà una bona sorpresa. He, he!

—I si el nen del guitarró no hi és, senyor conseller?

—Si no hi és, arrestarem el seu pare. I si no, per què el malcriava d'aquesta manera!

En sentir aquestes paraules, en Dotzedits va sortir decidit de l'amagatall, es va plantar davant del conseller i va cridar amb els punys tancats.

—Aquí em teniu! I no és cap guitarró, és un llaüt!!!

24
En Dotzedits, arrestat

En veure en Dotzedits, el conseller Amadeu va fer una ganyota de satisfacció.

—Guaita qui hi ha aquí! El petit revolucionari! Preocupat per com anomenem el seu instrument! He, he! Que ridícul...

—M'agrada que les coses es diguin pel seu nom —va dir el noi, encara amb els punys tancats.

—Doncs mira, marrec insolent: a mi només m'interessa el teu, de nom, perquè, encara que siguis un caganiu, quan arribem a palau t'etzibaré un feix d'ordres poètiques que quedaràs distret! M'has entès?

—Jo no en tinc, de nom —va respondre en Dotzedits.

—T'aconsello que siguis bon minyó i col·laboris —va dir amb to amenaçador el conseller—. Com et dius?

—Ja li ho he dit, no tinc nom.

Veient que l'home s'anava posant nerviós, en Valentí va deixar anar:

—Em sembla que li diuen Dotzedits.

—Dotzedits? —va fer l'Amadeu—. Quina mena de nom és aquest?

—És com m'anomena tothom —va dir el noi, orgullós—. Tinc sis dits a cada mà, jo. Miri —i va obrir els dos punys per demostrar-ho.

—Se me'n refum els dits que tinguis! Per mi com si en tens cinquanta! Necessito saber el teu nom! El teu nom de debò: Joan, Pere, Miquel, Josep... El nom que et van posar quan vas néixer, maleït sigui!

—No me'n van posar cap, ja li ho he dit.

Veient que no hi havia res a fer, el conseller Amadeu va acabar desistint.

—Doncs el rei Rodolí ja decidirà què en farem, de tu! —va dir a la fi. I després va ordenar—: Que una patrulla continuï buscant els fugitius! La resta, veniu amb mi i, sobretot, vigileu bé aquest mocós!

I així, acompanyat pel conseller Amadeu i escortat per un exèrcit d'orelluts, en Dotzedits va arribar davant del palau.

25
EN ROGER, EL CARCELLER

Encara que Marimunt fos un regne tan remenut, el palau del rei Rodolí era gran i majestuós. La porta principal era daurada i molt lluent, i tan alta que hi haurien passat tres gegantassos l'un damunt de l'altre. Tenia set torres, sis de petites, tot al voltant de l'edifici, i una d'altíssima que en sortia del bell mig, visible gairebé des de tot el país. Curiosament, l'entorn del palau era ple d'arbres i arbustos malgirbats, que creixien de manera salvatge, amb heures i lianes entortolligades entre les branques.

Quan en Valentí es va adonar que en Dotzedits es mirava aquell garbuix de plantes, li va dir:

—Què passa? És el jardí. Jo sóc orfebre i no pas jardiner! —i va entrar per la portassa.

—Al noi, tanqueu-lo a la primera cel·la! —va ordenar tot seguit el conseller Amadeu—. No crec que el rei estigui d'humor per rebre'l.

—I del guitarró, què en fem ? —va preguntar un orellut.

—Doneu-me'l. A Sa Majestat li farà gràcia veure amb quines armes lluiten els seus súbdits. Ha, ha, ha!

—Ets un miserable! —va cridar en Dotzedits.

—Ui, com es posa el nen quan li prenen la joguina! —va bromejar el conseller.

—I es diu llaüt! —va afegir encara mentre se l'enduien.

La cel·la on el van tancar era petita i freda, però força polida, i amb una finestreta des d'on es podia veure el jardí i bona part de la ciutat. També hi havia un banc de fusta, un llit amb mantes, una palangana plena d'aigua i una gibrelleta.

Com us podeu imaginar, a en Dotzedits no li feia gens de gràcia ser en un lloc com aquell, i encara menys que l'hi haguessin tancat per haver compost una cançó; però, malgrat tot, no estava desanimat. Confiava que en Roc, en Marionetti i la Cesca s'haurien pogut escapar i que lluitarien perquè tard o d'hora s'acabés fent justícia. A més, se sentia molt orgullós del que havia fet: si no arriba a ser per ell, ara el seu pare estaria tancat en aquella mateixa cel·la, i prou pena tenia el pobre home traginant mercaderies a peu de sol a sol!

L'arribada d'un guardià va interrompre de sobte els pensaments del noi.

—Hola, trempat, sóc en Roger, el carceller de la cel·la —va dir l'agent des de la porta amb un mig somriure—. Ja m'han dit que t'ha tocat el rebre per culpa d'en Valentí. Quin bocamoll, aquest paio... És capaç de qualsevol cosa per quedar bé davant del rei. Mira que delatar-te per compondre una cançó! Com hi ha món... Si fos per mi, creu-me que et deixaria anar ara mateix. Llàstima que després potser m'engabiarien a mi tot seguit, és clar...

Des del banc de fusta, en Dotzedits es mirava aquell home de fit a fit. Era ben plantat, amb les espatlles amples i els cabells una mica llargs, i parlava molt assossegadament. I el més important de tot: somreia.

—De debò que ets el carceller? —li va preguntar el noi, incrèdul.

—És clar.

—Ah.

—T'estranya? A les cel·les sempre hi ha un pres i un carceller, i aquí només hi som nosaltres dos. Si tu no ets el carceller, per força ho he de ser jo!, oi? —va bromejar.

—Sí, és clar —va fer el noi, somrient—. Però és que no ho sembles gens!

—T'agraeixo el compliment, de debò! —va respondre l'home asseient-se al seu costat—. En realitat, mai no m'havia imaginat que algun dia treballaria de carceller, però la vida fa tantes voltes... I a Marimunt, encara més.

—Què vols dir?

—Doncs que amb el nom que tinc és molt fàcil fer rodolins amb els oficis, i això el rei ho va descobrir de seguida. Concretament, el mateix dia que va instaurar la maleïda llei poètica!

—Així et deu haver fet fer de tot... —va deduir en Dotzedits.

—Gairebé. Va començar amb un *T'ordeno, súbdit Roger, que vagis a fer de cuiner!*, i després del *cuiner* va venir el *fuster*, i tot seguit el *flequer*, i l'*escloper*, i el *carnisser*, i el *carboner*, i el *taverner*... I ara, el *carceller* —va explicar l'home, una mica més seriós.

—No sembla que n'estiguis gaire content.

—No gens. Jo el que desitjaria és que em deixés tornar a ser jardiner, que és el meu

ofici de debò. No et pots ni imaginar com és de trist veure cada dia els jardins de palau d'aquesta manera! —va dir el carceller mirant per la finestra—. Des que en Valentí se'n fa càrrec, semblen ben bé abandonats, i jo trobo a faltar tant les meves camèlies, i els rosers, i les magnòlies, i els xuclamels... Hi ha dies que quan hi penso em posaria a plorar!

De sobte, es van sentir passes al corredor.

—Diantre! Algú puja! Val més que em posi al meu lloc —va dir l'home sortint de la cel·la—. Et deuen portar noves. Que tinguis molta sort, vailet!

—Gràcies, la necessitaré! —va respondre en Dotzedits.

26
LA PEDRA MISSATGERA

Al cap d'un moment, es va obrir la porta i va aparèixer el conseller Amadeu.

S'havia canviat l'uniforme per una vestimenta d'allò més sofisticada, feta amb velluts daurats i trossos de pells d'animal. Es va quedar quiet al llindar, mirant-se el pres amb aires de suficiència, i, finalment, li va mostrar el llaüt.

Quan en Dotzedits va veure l'instrument, el cor li va fer un bot.

—Té, la teva joguina —va dir l'home llançant-l'hi.

El noi el va agafar amb força. Li semblava que amb el llaüt a les mans se sentia un xic més segur.

—No et facis il·lusions —va continuar el conseller—. El rei només et deixa practicar perquè no vol que els dits se't rovellin: a partir d'ara, seràs l'encarregat d'entretenir els convi-

dats els dies que tingui visita, que la veritat és que són ben pocs. De fet, t'he de confessar que, amb tantes cordes, no entenc com un mocós com tu no es fa un embolic...

—Potser perquè em passo el dia tocant el llaüt en comptes de fastiguejar els altres.

L'Amadeu no es va ni immutar.

—Tens caràcter, marrec —va dir—. Llàstima que mentre siguis aquí no et servirà de res. —I encara va afegir—: Tot hauria anat més bé si haguessis tingut nom com tothom, pots estar-ne segur.

I abans d'enfilar el passadís, va fer un senyal a en Roger perquè tornés a tancar la porta.

Quan el conseller va ser fora, a en Dotzedits li va faltar temps per posar-se a tocar el llaüt; amb tot aquell tràfec necessitava una cançó ben tranquil·la per asserenar-se.

Però semblava que aquell dia no tindria ni un moment de calma. Quan tot just havia tocat quatre acords, una pedra va entrar xiulant per la finestra i va impactar a la paret del davant. El noi es va aixecar d'un salt i va anar a mirar entre els barrots de l'obertura; però als jardins no s'hi veia ningú.

«Que estrany», va pensar. «Potser he molestat algú amb el llaüt...»

Aleshores es va ajupir i va collir el roc de terra, i en tenir-lo a les mans es va adonar que, entaforat en una esquerda, hi havia un paperet escrit i un minúscul trosset de carbó.

«Un missatge!», es va dir mentre desplegava el paper.

Hola, Dotzedits!

Esperem que estiguis bé.

De seguida que puguem, intentarem rescatar-te del palau.

Si ens has de dir alguna cosa, escriu un missatge amb el carbó i llança la pedra a la clariana del jardí.

Una abraçada,

Els Sense Fils

«Els Sense Fils?», va pensar.

—Nano, passa res? —va preguntar de sobte el carceller.

En Dotzedits es va posar el paperet a la butxaca i va córrer a amagar el roc a sota el banc. Encara que en Roger li havia semblat de confiança, no valia la pena arriscar-se més del compte.

—Tot bé! Tot bé! —va respondre.

Després, el carceller va obrir la finestrella que hi havia a la part alta de la porta i, traient el nas entre la reixa, va dir:

—Com que t'has aturat a mitja cançó, m'he pensat que te'n passava alguna.

—Ah, no... Estic una mica cansat, res més. D'aquí a una estona ho tornaré a provar.

—Ja és ben estrany que aquella sangonera et deixi tenir el llaüt —va afegir en Roger abaixant el to de veu—. Pel que m'han dit, l'únic que li interessa és fer anar el rei com un titella i embutxacar-se tot el que pugui!

—El conseller Amadeu?

—El mateix. Quin escurçó... Es veu que fa mans i mànigues perquè el calçasses del rei no trobi reina de cap manera. Així, mentrestant, és ell qui fa i desfà.

—El rei Rodolí, un calçasses? Però no és un manaire sense escrúpols?

—Ho havia estat, ja ho crec! Però quan la princesa de Muntimar li va donar carbassa, va quedar tan tocat, que ja no ha tornat a ser el mateix. Ara, més aviat és un putxi-

nel·li que fa tot el que decideix el conseller. Per cert, abans he sentit que et deia no sé què del nom... Com et dius?

—Perdona, no m'havia presentat. Em dic Dotzedits.

—Dotzedits? Ets en Dotzedits? L'amic del titellaire?

—Sí; que el coneixes?

—I tant! Ara fa temps que no en sé res, però quan feia de taverner ens vèiem gairebé cada nit! Quin paio més divertit, en Marionetti...

Aleshores en Roger va començar a explicar anècdotes que li havien passat amb el titellaire, i en Dotzedits també el va posar al corrent de les seves trifulgues, i, xerrant xerrant, es van adonar que entre ells dos hi havia unes quantes coses en comú: eren amics d'en Marionetti, compartien la mateixa cel·la i, el més important de tot, tenien ganes de canviar les coses.

27
El calçasses del rei Rodolí

La sopa de llenties que li van dur per sopar era freda i aigualida. En Dotzedits va pensar que la devia haver fet un sabater, o un drapaire, o un camperol... Però un cuiner, segur que no.

De tota manera, feia hores que no tastava res, i va deixar el bol ben escurat. Després, va fer quatre tocs a la porta de la cel·la i la finestrella es va obrir.

—Estàs preparat, nano? —va xiuxiuejar en Roger des de l'altra banda.

—Sí.

—Recorda el que t'he dit: has de seguir el passadís fins al final, tombar a mà dreta i agafar les escales. Dues plantes més avall hi trobaràs el vestíbul, i altre cop a la dreta, la porta de la sala reial.

—Entesos —va dir el noi.

Aleshores, en Roger va ficar la clau al pany i el va deixar sortir.

—Sobretot, vés amb molt de compte —va dir, encara—. Tot el que esbrinis ens pot ajudar a nosaltres i a tots els habitants de Marimunt, però si t'arrepleguen haurem begut oli. Encara m'enviarien a treballar de miner...

—Confia en mi. De seguida torno!

—Sort!

Caminant de puntetes, en Dotzedits va enfilar el corredor i va arribar fins a l'escalinata. Va baixar els escalons molt a poc a poc, sense fer gens de soroll, i així que va ser al vestíbul es va ajupir arran de la barana perquè ningú no el pogués veure. Va deixar passar un parell de servents carregats amb safates i quan va tenir el camí lliure es va acostar amb molt de compte a la portalada. Els batents només estaven ajustats, i a l'interior s'hi sentien dos homes que enraonaven. Abans que cap servent el sorprengués per darrere, en Dotzedits va entrar a la sala reial i es va amagar darrere d'un immens tapís que cobria la paret, observant la conversa a través d'una clapa esclarissada del teixit.

—Snif... Em sento tan sol, Amadeu... Snif... —va veure que somicava el rei des del seu tron.

—Ja hi tornem, Majestat? —va rondinar el conseller, escarxofat en una butaca al seu costat—. Us dic que no us heu de preocupar... D'aquí a quatre dies sereu el rei més seductor del continent! La llei poètica deu estar a punt de fer el seu efecte!

—Però és que demà passat farà deu anys que et vas inventar aquesta llei! Tot el país és un poema i jo continuo sense reina! Snif...

—Heu de tenir paciència, Majestat... —insistia l'Amadeu—. El que és bo es fa esperar.

—Jo el que veig és que des que vam prohibir els poemes no hem parat de tenir disgustos. Aquest matí, sense anar gaire lluny, en Valentí ha trobat una pintada a la paret del palau que deia: «Fuig d'aquí, rei Rodolí!» Com hi ha món! Pocs vilatans que saben escriure, i no tenen cap mena de sensibilitat!

—Això només són bretolades. No us capfiqueu per aquestes coses, i menys ara que hem capturat l'insurgent més perillós de tots.

—Vols dir el marrec del guitarró? —va preguntar el rei.

—Exacte! Es veu que era ell el que esvalotava el galliner. A més, com que segur que els seus companys vindran a cercar-lo, caçar tota la resta serà bufar i fer ampolles!

—Saps què? Per si de cas el teu pla torna a fer llufa, fes portar aquestes cartes aquesta nit mateix.

—Ah, bé... Són per a princeses? —va preguntar el conseller.

—No, aquest cop no; ja començo a estar tip que no me'n contestin ni una... Són per a alguns dels poetes més savis de l'estranger!

—Per a poetes savis? —va fer l'Amadeu—. I ara! Quina ximpleria, Majestat! Vull dir... què els voleu explicar, a aquesta gent?

—Jo, res. Són ells que m'han d'explicar moltes coses. Els demano que em vinguin a fer una visita i m'assessorin en el meu cas. Els poetes són experts en poesia, oi?

—Però, Majestat, i vós? Vós sou el més gran poeta de tots els temps, no ho oblideu!

—Et dic que vull sentir els seus consells! —va sentenciar el rei Rodolí—. Alguna cosa dec fer malament perquè tot continuï com fa deu anys. Va, i ara brindem perquè aquest malson s'acabi aviat. Salut!

—Salut, Majestat. Salut.

Aprofitant que els dos homes bevien, en Dotzedits va sortir de l'amagatall i es va esquitllar entre els batents de la porta. Havia arribat l'hora de tornar a la seva cel·la.

Va enfilar escales amunt, va tombar cap a l'esquerra, va recórrer el passadís i, finalment, va arribar al lloc d'on havia sortit.

En Roger l'esperava impacient, caminant amunt i avall i mossegant-se les ungles.

—Dotzedits! —va exclamar en veure'l—. Ja començava a patir... Com ha anat? Has vist el rei? L'has sentit? Què deia?

Encara panteixant, el noi va fer un senyal al carceller perquè deixés de fer-li preguntes, i quan va haver recuperat l'alè li va explicar fil per randa tot el que havia sentit.

—Així que el rei somicava perquè se sentia sol! —va dir després en Roger amb sornegueria—. Tan esquerp que era fa un temps... És ben bé que els anys l'han estovat!

—Si més no, sembla que s'adona que alguna cosa no va a l'hora...

—Home, això està molt bé. Però si no canvia de conseller, ja em diràs de què serveix!

—Potser quan els poetes rebin les cartes... —va dir en Dotzedits.

—Les cartes? —va fer el carceller—. Em sembla que ja ens les podem treure del cap.

L'Amadeu no deu tenir cap intenció d'enviar-les enlloc!

—N'estàs segur?

—M'hi jugaria un dit! I això que jo només en tinc cinc a cada mà.

—Renoi, doncs si que anem bé! Haurem de rumiar alguna cosa...

En Dotzedits es va deixar caure al llit i es va quedar mirant el sostre, pensarós. Però ben aviat els ulls se li van aclucar. El dia havia estat esgotador i necessitava reposar per recuperar forces. En Roger, en veure-ho, el va abrigar amb un parell de mantes i va murmurar:

—Dotzedits...

—Mmm... Què? —va fer el noi, mig adormit.

—Demà em cantaràs la cançó?

En sentir la pregunta, a en Dotzedits li va venir al cap l'emocionant actuació d'aquella tarda.

—I tant —va dir amb un somriure als llavis.

I es va adormir profundament.

28
NOTÍCIES FRESQUES

En Dotzedits es va despertar confós, sense saber ben bé on era ni com hi havia anat a parar. Va donar un cop d'ull al seu voltant, va baixar del llit i, a poc a poc, es va acostar a la finestra. A fora, una pluja finíssima posava cortines al paisatge i algunes gotes juganeres entraven voleiant i li esquitxaven la cara. De mica en mica, va anar recordant com havia anat tot: l'exèrcit d'orelluts, el conseller Amadeu, en Roger, l'escapada a la sala reial...

Aleshores, es va posar la mà a la butxaca i en va treure el missatge que havia rebut el dia abans; va buscar el trosset de carbó i, amb lletra molt petita, hi va escriure:

Hola, Sense Fils!
El rei Rodolí té molts dubtes i necessita consells.

Vol que l'assessori un gran poeta.
Jo estic bé. I tinc el llaüt.
Una abraçada,
Dotzedits

Quan va acabar d'escriure el missatge, va introduir el paperet al fons de l'esquerda i va llançar el roc per la finestra. La pedra va quedar plantificada al bell mig de la clariana, sota la pluja, ressaltant entre els brins d'herba que cobrien el jardí.

Després, en Dotzedits va agafar el llaüt i, assegut al banc de fusta, es va posar a tocar la cançó dels Sense Fils.

«Segur que quan en Roger la senti es posarà d'allò més content!», va pensar recordant la conversa de la nit anterior.

Però, lluny de les seves expectatives, quan tot just acabava de començar la segona estrofa, va sentir una veu que remugava:

—Escolta, marrec! Que no en tens prou de ser al calabós, que encara toques cançons contra el nostre rei?

En Dotzedits va quedar de pedra. Un home barbut i desdentegat havia tret el nas per la finestrella de la porta i se'l mirava amb cara de pocs amics.

—És que el rei vol que faci anar els dits per no perdre la pràctica... —va contestar una mica espantat.

—Doncs practica sense faltar-li al respecte ni dir poca-soltades, entesos? Una altra estrofa com aquesta i el guitarró anirà a la bassa!

—No és cap guitarró... És un llaüt —va dir el noi amb un fil de veu.

—Se me'n refum, el que sigui! A callar! —va bramar l'home abans de tancar la finestra. I va remugar encara—: Diantre de mainada, com pugen d'impertinents...

En aquella situació —pres en una cel·la esquifida i sense poder enraonar amb ningú—, a en Dotzedits les hores se li feien eternes. Després de l'esbroncada del nou carceller amb prou feines gosava tocar el llaüt, i estava ben tip d'anar amunt i avall com una fera engabiada. L'única bona notícia era que el roc missatger feia estona que havia desaparegut de la clariana, i això volia dir que els companys que tenia a fora estaven al cas dels seus descobriments.

A primera hora de la tarda, la pedra va tornar a entrar per la finestra i va caure de ple a dins la palangana.

—Què ha estat això? —va botzinar el carceller.

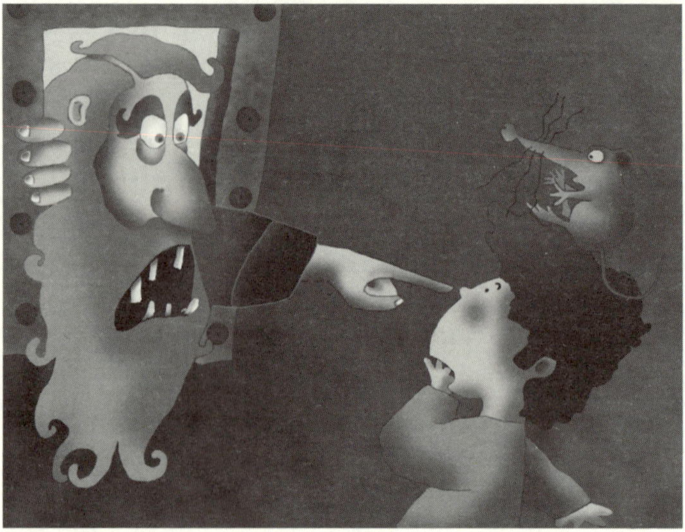

—Mmm... No res, la gibrelleta, que se m'ha escapat de les mans —va mentir el noi.

—Doncs a veure si vas amb més de compte. No sé de què et serveixen tants dits si no saps ni aguantar un orinal! Ha, ha, ha!

Mentre el guardià reia del seu acudit, en Dotzedits es va acostar a la finestra i va mirar a fora, just a temps per veure una figura encaputxada que s'esfumava entre els arbustos.

Quan la va haver perdut de vista, va treure el missatge de l'esquerda i el va llegir.

Dotzedits, s'acosta l'hora de la veritat.
Els de casa t'envien molts petons.
Tots et trobem a faltar.
Fins molt aviat!
Els Sense Fils

Pel que deia l'escrit, semblava que molt aviat en passaria alguna de grossa, però el que més va commoure en Dotzedits va ser rebre notícies dels de casa. Aviat faria un dia que no veia els pares ni les germanetes, i vés a saber quant de temps hauria d'esperar encara per poder-los omplir de petons... Va notar que els ulls se li humitejaven, i un parell de llàgrimes li van rodolar per la galta.

—Hola, trempat! Ja sóc aquí! —va sentir de sobte.

—Roger! —va exclamar el noi en veure el carceller per la finestreta—. On t'havies ficat?

—Home, jo també necessito descansar de tant en tant! Aquest matí no t'he dit res perquè quan ha arribat el relleu encara dormies i no t'he volgut despertar. Però no he oblidat que em deus una cançó, eh?

—Uf... No me'n parlis...

—Ah! I et porto notícies fresques. Es veu que el conseller sí que va enviar les cartes del rei als poetes, perquè demà mateix el visitarà un dels més savis!

—De debò?

—Això diuen. Hauràs de tocar per al mestre Eudald de Pescallunes, tota una eminència de Muntimar!

—Doncs val més que em posi a assajar de seguida!

—Això, això! —va exclamar el carceller, divertit—. I oi que començaràs per la cançó dels Sense Fils?

En Dotzedits es va mirar en Roger amb un somriure i li va dir:

—Saps? Estic molt content d'haver-te conegut.

29
El poeta ja és aquí

En Dotzedits es va passar la resta del dia tocant cançons amb el llaüt. Només es va aturar un moment, per enviar un missatge als seus companys informant-los de la imminent visita del poeta de Muntimar.

En arribar la nit, es va abrigar amb les dues mantes i, escoltant la pluja que encara queia, va intentar agafar el son. Però així que va aclucar els ulls, el cap se li va omplir de preguntes. Què li havien volgut dir els seus amics en el darrer missatge? «S'acosta l'hora de la veritat», havien escrit... I els seus pares, els podria veure aviat o encara hauria d'esperar uns quants dies? I aquest tal Eudald de Pescallunes era realment tan savi com es deia?... Finalment, després d'hores de cercar respostes sense resultat, en Dotzedits es va adormir.

L'endemà es va despertar de sobte, esverat pel terrible malson que acabava de tenir: un exèrcit d'orelluts l'empaitava pels carrerons de Marimunt, mentre al capdavant de tot el rei Rodolí repartia ordres a tort i a dret a tots aquells que es disposaven a ajudar-lo.

«Òndia, i si en la realitat passa el mateix?», es va preguntar encara mig adormit. «I si als que pretenen rescatar-me els castiguen amb les ordres poètiques més estrictes?»

Sense deixar de donar-hi voltes, va baixar del llit i es va rentar la cara a la palangana. Després, es va acostar a la finestra per contemplar el paisatge, ben diferent del que havia vist el dia abans. Aquesta vegada, el sol s'enfilava amb força per l'horitzó i dibuixava ombres allargades sobre les teulades de la ciutat, encara lluents de pluja.

Potser inspirat per aquell dia primaveral, en Dotzedits va agafar el llaüt i es va posar a compondre. Li va sortir una melodia suau, dolça, delicada..., una cançó preciosa que va tocar una vegada i una altra sense cansar-se'n, una peça que, per un moment, li va fer oblidar tots els mals tràngols que estava passant.

Però aquell ambient tan plàcid es va esvair quan, poc abans del migdia, algú va obrir la porta d'un cop de peu. Aquesta vegada no es tractava del carceller sorrut que rondinava per la cançó ni tampoc d'en Roger, que tornava a la cel·la després d'una estona de descans; era el conseller Amadeu, guarnit amb aquella sofisticada vestimenta i amb una cara de pomes agres que feia arrencar a córrer.

—Au, cap a fora! —li va etzibar—. Està a punt d'arribar un convidat del rei —i tot seguit va remugar—, que no sé pas d'on coi ha sortit...!

En Dotzedits va agafar el llaüt i va fer el que li manaven.

—Segueix-me —va afegir l'home, amb posat sever.

Aleshores, l'un darrere l'altre, van fer el mateix camí que en Dotzedits havia recorregut d'amagatotis dos dies enrere. I com en aquella ocasió, també es van aturar en arribar a la sala reial.

El rei Rodolí els esperava al seu tron, abillat amb la indumentària de les grans ocasions i exultant per la visita del poeta.

—Ui! Quin vailet tan esquifit! —va exclamar en veure en Dotzedits—. Segur que em farà quedar bé?

El conseller es va mirar el noi de dalt a baix, com si fos el primer cop que el veia.

—Home... Sí que és poca cosa —va reconèixer—, però diuen que és el millor músic de Marimunt. A més, té sis dits a cada mà; segur que el poeta no ha vist mai res semblant.

—Bé... Si és així, ja et pots posar al meu costat, nen —va dir el rei a en Dotzedits—. A veure aquestes mans... Un, dos, tres, quatre... dotze! Que curiós... Ja veuràs com el savi que vindrà avui et trobarà d'allò més

exòtic. Per cert, Amadeu, com has dit que es deia el nostre convidat?

—Eudald de Pescallunes —va respondre el conseller sense gaire entusiasme.

—Això, Eudald. Doncs pel que ens diu a la carta que ens ha escrit, aquest home ha voltat per tots els racons del continent! Deu ser un poeta savi de debò! —va dir el rei, eufòric—. I això que jo ni recordo haver-li enviat cap de les cartes...

En Dotzedits s'estava palplantat al costat del rei, escoltant-lo sense dir res. No havia sentit a parlar mai d'aquell tal Eudald de Pescallunes, però sentia molta curiositat per conèixer-lo.

—Majestat, el convidat ja és aquí! —va cridar de sobte un servent, molt tibat.

—Oooh! Quina emoció! —va fer el rei fregant-se les mans. I després va dir a en Dotzedits—: Ara, nen, vull que et comportis i demostris que ets un virtuós de la música, entesos? El senyor que entrarà és un poeta molt important! Au! Feu-lo passar!

Aleshores, el criat va obrir la porta molt solemnement, i el gran poeta Eudald de Pescallunes va entrar a la sala reial.

30
L'EUDALD DE PESCALLUNES

El poeta Eudald de Pescallunes era un home molt gran, una mica encorbat, amb una barba blanca fins al pit, però també de gestos àgils i mirada espurnejant. Anava guarnit amb robes lluents i elegants, de tons liles i daurats, i portava un barret de pell molt curiós, acabat en punxa i amb un arc de Sant Martí pintat just damunt del front.

L'Eudald de Pescallunes va travessar tota la sala i es va aturar davant del rei. Aleshores, va fer una gran reverència i va dir amb veu tremolosa:

—Majestat, als vostres peus.

El rei Rodolí havia quedat tan impressionat per la presència d'aquell personatge que va trigar una estona a reaccionar.

—Senyor Eudald de Pescallanes... Vull dir, de Pescallunes, per a mi és un gran honor rebre-us al meu palau —va dir, finalment, molt emocionat.

—Us acompanya algú altre, mestre? —va preguntar el conseller Amadeu—. Ho dic perquè tancaríem la porta, que passa una mica d'aire.

El rei va llançar una mirada de reprovació al seu conseller.

—No, no m'acompanya ningú —va respondre el poeta—. M'agrada viatjar sol. Així, si la inspiració em toca pel camí tinc la solitud i el recolliment necessaris per compondre.

—Oh! Quines paraules tan sàvies! —va dir el rei, embadalit.

—Pse —va fer l'Amadeu.

El convidat va afegir:

—L'únic acompanyant que acostumo a portar és en Bartomeu, un músic discret i virtuós com pocs. Però fa uns dies un vailet amb massa traça li va buidar un ull d'un cop de roc i s'ha hagut de quedar a Muntimar per recuperar-se...

—No us podeu imaginar el greu que ens sap! Oi, Amadeu?

—Ui, sí, i tant...

—De tota manera, per això no us heu d'amoïnar —va continuar el rei—. Justament tenim entre nosaltres el millor músic de Marimunt: el senyor Catorze... Tretze...

—Dotzedits, per servir-lo —va fer el noi acotant el cap.

—Dotzedits...? —va repetir el poeta—. He sentit a parlar de tu. Diuen que ets molt hàbil amb el llaüt, oi?

—El millor de tots —es va afanyar a respondre el rei—. Però si us sembla, primer us explico els problemes que tinc al meu regne, que friso per sentir els vostres consells...

—No cal. N'estic al corrent.

—Ah, sí? —va fer el rei, astorat.

—Si us n'han informat els vilatans de Marimunt aneu ben errat —el va advertir el conseller, escarxofat a la seva butaca—. No saben de la missa la meitat...

—No m'ho ha explicat ningú. Ho he llegit als estels —va sentenciar l'Eudald de Pescallunes mirant cap al sostre.

—De debò? —va tornar a preguntar el rei.

—Tal com ho sentiu.

—Quina poca-soltada... —va remugar el conseller.

—I què hi heu vist? —va voler saber el monarca—. Què us han dit els astres?

Aleshores, el gran Eudald de Pescallunes va clavar la mirada al rei, va romandre un

instant en silenci i, finalment, va fer un senyal a en Dotzedits perquè comencés a tocar el llaüt. I amb la música de fons es va posar a recitar:

Anit vaig veure, en l'hora fosca,
quan el sol era a dormir,
un estel que amb pampallugues
m'explicava confidències
sobre vós, rei Rodolí.

La primera cosa certa
que el bon astre em va contar
és que des de fa dos llustres
vós teniu un cor que plora
perquè no pot estimar.

Tanmateix, no sou pas l'únic
a qui ha tocat patir,
car a tots els vostres súbdits
heu deixat l'ànima trista
per poder fer un rodolí.

Mes també em digué l'estrella
que vós poc hi podeu fer,
que en aquest vostre reialme
el qui decideix les rimes
és el vostre conseller.

Finalment, em manà l'astre
quan l'albada ja era a punt:
«Mestre Eudald de Pescallunes,
aconsella amb versos savis
el bon rei de Marimunt!»

31
ELS CONSELLS DEL POETA

Tot i la veu tremolosa, l'Eudald de Pescallunes havia recitat aquells versos amb un convenciment colpidor. A més, la delicada música amb què en Dotzedits havia acompanyat el poeta —la mateixa que havia compost poques hores abans— havia creat l'ambient perfecte perquè el rei Rodolí i, fins i tot, el conseller Amadeu s'emocionessin amb aquelles rimes.

—Deliciós! Deliciós! —va dir el rei, commogut—. Realment sou un mestre de la poesia!

—Gràcies, Altesa —va dir el poeta.

—Tot i que...

—Sí?

—Esteu del tot segur que l'estel en qüestió no anava errat?

—I ara! Com podeu pensar semblant cosa! —va fer l'Eudald de Pescallunes—. Els astres de la nit són la millor font d'inspiració del món! I la inspiració és sagrada, no us sembla?

—Ui, sí! I tant! Jo sempre ho he dit! —va reconèixer el rei—. Però és que no m'explico que els meus súbdits tinguin l'ànima trista vivint en un país com Marimunt... Des que fa deu anys vaig instaurar la llei poètica, no he deixat de manar amb versos i rodolins, i sempre he vetllat perquè el meu regne fos tot ell com un poema! No entenc per què les persones que hi viuen es passen

el dia rondinant en comptes d'estar orgulloses de tenir per rei el més gran poeta del país...

—Hi ha molta gent rondinaire de mena —va puntualitzar el conseller Amadeu.

—Res més? —va preguntar el poeta, que havia escoltat els planys del rei amb molta atenció.

—Home... Posats a dir, també m'agradaria saber per què les dames a qui escric no em responen mai les cartes... Estic tan atrafegat donant ordres que no tinc temps

d'anar a les festes que es fan a Muntimar, i, si tot continua així, Marimunt es quedarà sense reina i jo continuaré sol com un mussol!

Després d'aquestes paraules, el rei Rodolí es va quedar en silenci, com si esperés que el seu convidat li donés un remei miraculós per als seus maldecaps.

L'Eudald de Pescallunes va deixar anar un llarg sospir. I, tot seguit, va fer un senyal a en Dotzedits perquè toqués la cançó i va dir:

No us planyeu, benvolgut rei,
i escolteu la inspiració,
que és més bona consellera
que molts homes de confiança
per trobar una solució:

Si voleu que a Marimunt
tothom tingui el cor content,
no feu viure els vostres súbdits
com si les cançons i els versos
se'ls hagués endut el vent.

No digueu que sou poeta
si ordeneu a voluntat;
que poetes i paraules,

per poder fer poesia,
necessiten llibertat.

Si veieu que moltes cartes
mai no arriben a destí,
desconfieu i obriu bé els ulls:
ben segur que si no arriben
és que es perden pel camí...

Governeu amb harmonia,
escolteu què diu la gent,
estimeu els vostres súbdits,
i veureu que la tristesa
fugirà en un pensament!

Com si el poeta i en Dotzedits ho haguessin assajat, el darrer mot i l'última nota van arribar exactament al mateix instant. I, just després, en tornar el silenci, una llàgrima va rodolar per la galta del rei Rodolí. L'home més poderós de Marimunt estava profundament emocionat. Emocionat per la bellesa d'aquells versos, per la dolcesa d'aquells acords i, sobretot, perquè finalment començava a entendre el que passava al seu voltant.

Però, abans que pogués dir res, una cridòria eixordadora va irrompre de sobte per les finestres de la sala reial.

—Què representa aquest xivarri? —va remugar el conseller Amadeu.

—Són els meus súbdits! —va dir el rei mirant a fora—. Han sortit al carrer!

De sobte, tots els habitants de Marimunt —que s'havien reunit davant del palau— es van posar a cantar:

Mana un rei, al meu país,
que fa anar tots els seus súbdits
com si fóssim uns titelles.
No es recorda res igual
en aquesta terra meva;
no ho recorden els més joves
ni les persones més velles.
Ja n'hi ha prou de complir ordres,
ja n'hi ha prou de ser servils.
Agafem les estisores
i tallem arran els fils...!

—Ho sentiu, Majestat? —va dir l'Eudald de Pescallunes sense moure's de lloc—. Si voleu ser un gran poeta i que us estimin de debò, primer heu d'escoltar la vostra gent. No ho oblideu mai!

—Em sembla que ja ho entenc —va dir el rei Nicolau amb la vista clavada a fora—. Segur que això també ho deuen dir els astres...

—Els astres i tots els poetes del món!

El rei va mirar el conseller.

—I tu no ho sabies, gamarús? —li va etzibar.

—Jo... És que... —va murmurar l'Amadeu.

—Després ja en parlarem... —li va dir el rei amb to amenaçador. I tornant-se a dirigir al poeta va afegir—: Us prometo que a partir d'avui escoltaré sempre el meu poble abans d'actuar.

—Serà molt millor per a tothom.

—I... I l'amor? —va afegir el rei.

—L'amor? L'amor vindrà tot sol, ja ho veureu —va respondre el poeta molt segur.

—Em tranquil·litza sentir-vos-ho dir... Mai no us podré agrair tot el que heu fet per mi.

—Ha estat un honor.

—Si us ho puc pagar d'alguna manera...

—Doncs... Potser sí. Us voldria demanar un favor.

—I tant! Demaneu el que vulgueu! Joies? Robes fines? Us voleu quedar una temporada a palau?

—No, no; no és res d'això. Us volia demanar si em deixàveu endur-me el noi —va dir mirant en Dotzedits—. Si a ell li va bé, és clar. Sense la música del meu Bartomeu m'és tan difícil trobar la inspiració...

—Per descomptat! —va exclamar el rei—. Tu què hi dius, vailet?

En Dotzedits va quedar de pedra. Que si volia acompanyar el poeta? És clar que sí! Hauria fet qualsevol cosa per poder sortir del palau! Després ja li explicaria com havia anat tot i segur que el deixaria tornar a casa!

—Serà un plaer acompanyar-vos —va dir.

—Perfecte! —va exclamar el rei picant de mans—. M'alegro de poder-vos ajudar en alguna cosa, mestre Eudald de Pescallunes.

—Us estic profundament agraït.

—Ens tornarem a veure algun dia?

—Segur que sí, rei Nicolau. Segur que sí.

32
Sorpresa!

Després del comiat, un servent va acompanyar en Dotzedits i l'Eudald de Pescallunes fins a la porta principal del palau. A fora, la cridòria de feia una estona ja s'havia esvaït, i ara l'únic que trencava el silenci eren els crits del rei Nicolau, que en algun racó de l'edifici esbroncava sense contemplacions el seu conseller.

El poeta i el noi van passar la portalada, van travessar els jardins abandonats i, finalment, van arribar al carrer.

Però no va ser fins que van perdre el palau de vista que l'home va esclatar:

—Per la cuixa d'una bruixa coixa! Com pica aquesta barba! —va cridar arrancant-se-la d'una estrebada.

En Dotzedits se'l va mirar incrèdul.

—Marionetti? Ets en Marionetti?

—Jo mateix! En Marionetti Aventureri, titellaire i, fins fa un instant, poeta barbut de Muntimar!

—Amic meu! Com pot ser que no me n'hagi adonat abans! —va cridar el noi llançant-se-li al coll.

—Ei, que nosaltres també volem abraçades! —es va queixar una veu.

El noi es va tombar i, just darrere seu, hi

va veure les tres germanetes amb els braços

oberts i un immens somriure als llavis, i al costat, els seus pares, i la Cesca, i en Roc de ca l'Ample... I una mica més enllà, tota la gent que aquell dia havia sortit al carrer.

—Ja no tenim fils! Ja no tenim fils! —es van posar a cridar en veure'l.

Durant una bona estona, tot van ser petons i abraçades, i visques, i aplaudiments... Tothom estava exultant per l'alliberament d'en Dotzedits. Però l'alegria encara va créixer

quan el noi i el titellaire els van explicar que, finalment, el rei Nicolau s'havia adonat del seu error, i que s'havia compromès a posar fi al règim poètic i començar a escoltar la gent. Quin gran dia per a la gent de Marimunt!

De tornada cap a casa, els companys d'en Dotzedits el van posar al corrent de com havia anat tot.

Segons li van explicar, des del mateix moment que l'havien detingut, can Dotzena s'havia convertit en el quarter general dels Sense Fils, un grup de vilatans de Marimunt que s'havia proposat rescatar-lo i intentar canviar la situació del país. El primer que van decidir aquesta colla d'amics va ser buscar algun mitjà per comunicar-se amb el presoner. D'aquesta manera, en Dotzedits sabria que no estava sol en la seva lluita i, al mateix temps, els podria informar de tot el que esbrinés a dins del palau. I va ser amb aquesta intenció que la Cesca va proposar d'enviar els rocs missatgers. Tothom va estar d'acord que aquella era una bona pensada, i també van coincidir que la persona més indicada per dur a terme la missió era la mateixa Cesca. No només perquè era la que tenia més punteria, sinó també perquè era la més àgil, i segur que se sabria esmunyir pels voltants del palau sense que ningú no se n'adonés. I així va ser com, aquella mateixa tarda, la noia es va posar la capa i es va anar a amagar als jardins de l'edifici. S'hi va estar una bona estona, esperant pacientment entre les bardisses, i així que va sentir el llaüt en una finestra hi va llançar el roc i va fugir corrents. Quan l'endemà al matí hi va tornar, va trobar la pedra plantificada a la clariana, i la resposta d'en Dotzedits entaforada a dins de l'esquerda. Va agafar el paperet, se'l va posar a la butxaca i va arrencar a córrer pels carrerons de Marimunt fins a arribar a can Dotzena. Allà, l'esperaven tots els seus companys, impacients per saber què explicava el missatge del presoner. I després de llegir-lo, en una multitudinària assemblea sota una pluja suau i persistent, els Sense Fils van prendre una decisió: si el rei volia consells, li donarien consells!

A partir d'aquell moment tothom es va posar a treballar. En Tomeu i en Roc de ca l'Ample van compondre els millors versos per convèncer el rei Rodolí; en Marionetti va assajar sense descans el personatge que havia de representar; els millors sastres de Marimunt li van preparar la disfressa; la Cesca va continuar fent de missatgera, i la Cecília i tota la resta van escampar la notícia per tot el país: tothom menys els orelluts havia d'estar al corrent del que s'estava tramant!

En Dotzedits va quedar meravellat de veure que tothom havia posat el seu gra de sorra perquè el pla sortís bé, i es va sentir molt orgullós dels seus amics i de tots els habitants de Marimunt. Ben mirat, el règim poètic del rei Nicolau els havia portat un munt de maldecaps, però també havia aconseguit que estiguessin més units que mai!

33
AIRES NOUS A MARIMUNT

A Marimunt, aquells primers dies de primavera van ser recordats durant molt de temps. Després d'anys de prohibicions i ordres absurdes, per fi els seus habitants podien decidir per ells mateixos, sense témer càstigs injustos ni represàlies de cap mena.

Algunes persones, sobretot les més grans, tenien unes ganes immenses de tornar exactament allà on eren una dècada enrere, i fer la mateixa feina, i tenir els mateixos costums, i tractar amb la mateixa gent... D'altres, en canvi, al llarg d'aquell temps havien descobert la seva veritable vocació, i ara que ningú no els ho impedia frisaven per dedicar-s'hi amb cos i ànima. Moltes parelles que estaven a punt de ser pares rumiaven el nom que posarien als seus fills, i agraïen d'allò més poder-ho fer lliurement, sense haver-se d'amoïnar per les conseqüències que tindria l'elecció. I els més jovenets de tots, els que per primer cop veien que el rei escoltava els seus súbdits, i que no hi havia orelluts als carrers, i que la gent era feliç de poder fer el que volia, es preguntaven per quins set sous tot plegat no havia estat sempre així.

Però, curiosament, en allò que més coincidien tots els habitants de Marimunt era en les immenses ganes que tenien de posar-se a jugar amb les paraules. Com enyoraven els rodolins! I els poemes! I les cançons! I els refranys! I les endevinalles!

Segurament per això, molta gent continuava anant a les actuacions d'en Dotzedits i en Marionetti, que seguien cantant i explicant històries al teatret de la plaça Major. Ara, els dos amics ja no havien de patir per si venia algun orellut a renyar-los, ni tampoc per si incomplien la llei poètica, i fins i tot havien fet un nou titella d'un poeta molt savi que parlava sempre en vers.

Un dia de maig, però, després de l'actuació de la tarda, en Marionetti va dir al seu amic:

—Dotzedits, t'he d'anunciar una cosa.

—Ui, quina por que em fas quan et poses seriós! —va bromejar el noi—. De què es tracta?

—Me'n vaig de Marimunt.

En sentir-ho, en Dotzedits va quedar de pedra. Havia pensat moltes vegades en aquell moment, i sabia que tard o d'hora havia d'arribar; però, així i tot, li costava d'entendre la decisió.

—Te'n vas? —li va preguntar—. Ara que estem tan tranquils?

—Justament; aquí la gent ja no em necessita. A més, fa massa temps que sóc al mateix lloc i necessito canviar d'aires. Que jo sóc un...

—Un Aventureri in Treppidi! —va continuar en Dotzedits, que tenia la lliçó ben apresa.

—Exacte.

—Et trobaré molt a faltar, Marionetti.

—Bé, de fet... —va seguir el titellaire—. Havia pensat que tu em podies acompanyar.

En Dotzedits va quedar parat per segona vegada. No s'havia plantejat mai deixar Marimunt i anar a voltar món!

Però abans que el noi tingués temps de dir res, en Marionetti va afegir:

—Si no véns amb mi, jo també t'enyoraré molt! I les actuacions no seran el mateix sense el teu llaüt! A més, plegats, podríem explicar la història del rei Rodolí arreu on anéssim, i tu podries ensenyar a tothom la cançó dels Sense Fils!

—I marxar per sempre? —va preguntar en Dotzedits.

—No, home, no! Podríem tornar quan volguessis! I passar temporades a Marimunt, i estar amb els teus pares, i les teves germanetes...

—I amb la Cesca...

—I amb la Cesca, és clar. Tot i que, encara que no t'ho creguis, en una tartana s'hi viu la mar de bé! I enlloc no es dorm millor que en una hamaca penjada del sostre!

FI
L'home de la capa

—En Dotzedits va trigar uns quants dies a decidir-se, però, finalment, se'n va anar a voltar món amb el titellaire. Durant molt de temps, els dos amics van anar de plaça en plaça explicant rondalles i cantant cançons, i després de cada funció el públic sempre els aplaudia i els felicitava per l'espectacle. Però, de totes aquelles històries que van representar, n'hi va haver una que va agradar més que cap altra, una que se situava en un petit regne entre el mar i la muntanya, i que parlava de la gent que hi vivia i de la importància que van tenir les paraules per al seu esdevenidor... Una història increïble, però, tanmateix, certa: l'extraordinària història del rei Rodolí.

Just quan l'home de la capa va haver dit l'últim mot, el vent va començar a afluixar.

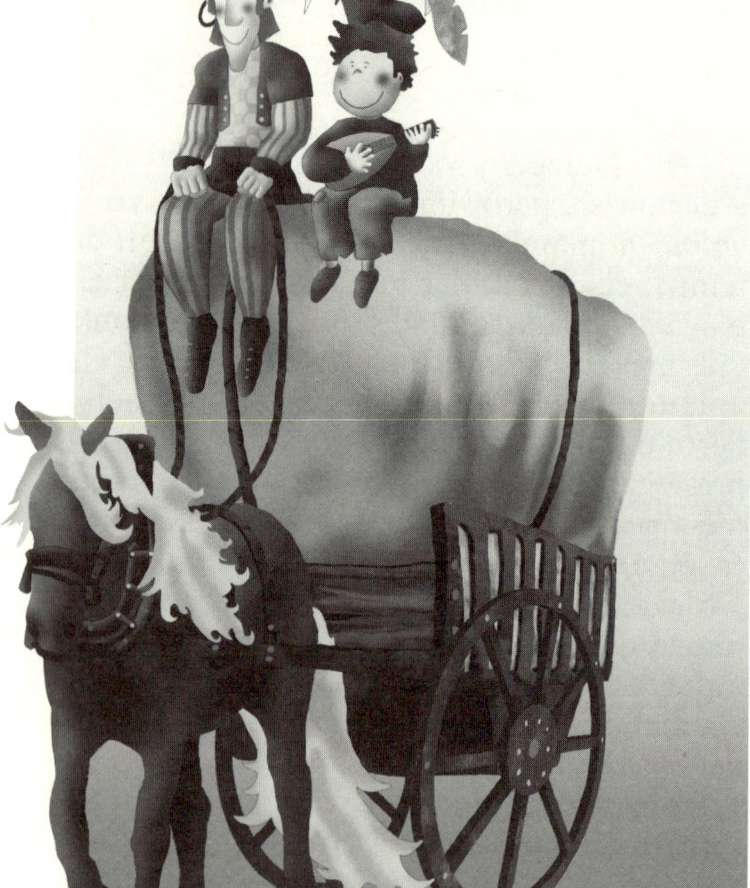

La Pia i jo ens havíem quedat immòbils, asseguts al seu davant, com si amb tot el que ens havia explicat no n'haguéssim tingut prou.

—I això va passar de debò? —va preguntar la meva germana.

—Ja ho crec.

—N'està segur? —vaig preguntar jo, incrèdul.

—És clar —va insistir ell.

Jo em vaig quedar un instant pensatiu. Realment, aquell home ens havia explicat la història molt convençut, gairebé com si l'hagués viscuda ell mateix. Però, així i tot, amb la seva paraula no en tenia prou.

—En volem una prova! Oi, Pia?

—Sí, sí! Una prova!

—Ha, ha! Una prova! I què més! —va riure ell—. Al capdavall, tant li fa si us ho creieu o no. Us ha agradat?

—Sí, molt! —vaig contestar.

—I tant! I tant! —va fer la Pia.

—Doncs això és el que compta.

Encara assegut al banc, l'home de la capa es va penjar la motxilla a l'esquena i va despertar el gos pigallat.

—Bé, jo me n'he d'anar de seguida —va dir posant-se dret—. Amb aquests nuvolots aviat hauré de caminar sobre mullat...

—Moltes gràcies per la història —li vaig dir.

—Sí, gràcies! —va fer la Pia.

—Ha estat un plaer parlar amb uns nens tan eixerits com vosaltres —va dir ell—. Digueu adéu a la vostra mare de part meva, d'acord?

—D'acord!

—I poseu-vos a aixopluc, que encara us constipareu! —va afegir posant-se a caminar.

—Adéu! Adéu!

—Adéu!

Finalment, el vent s'havia aturat del tot, i havien començat a caure unes gotes fredes i gruixudes. La Pia i jo vam córrer cap a la porxada de davant de casa i ens hi vam quedar palplantats, mirant com la figura de l'home es fonia entre la pluja.

Quan ja l'havíem perdut de vista, vaig veure alguna cosa negra al costat del tronc del pollancre. Vaig sortir amb una correguda i la vaig anar a collir.

—Què és? —va preguntar la Pia quan vaig tornar a cobert.

—Un guant —vaig dir ensenyant-l'hi.

—Vaja... El senyor de la capa se'l deu haver deixat. Llàstima que ara ja deu ser lluny d'aquí.

—Potser tornarà a buscar-lo —vaig dir.

—Potser sí —va fer ella. I va afegir obrint la porta—: Me'n vaig al menjador, que aquí fa fred.

Jo em vaig quedar sota el porxo, mirant encuriosit aquell guant tan gros i negre. Llavors, vaig entrar esperitat a casa, vaig anar fins al menjador i vaig preguntar a la Pia:

—Pia! Li has vist les mans, a l'home de la capa? Les hi has vist?

—Les mans? No... Em sembla que no les hi he vist en tota l'estona. Com que anava tan abrigat...

Llavors, vaig anar corrents a la cuina, on la mare estava fent els dinars.

—Mare, com es deia l'home de la capa? —li vaig etzibar tot esverat.

—L'home de la capa?

—Sí, el que enraonava amb la Pia i amb mi!

—Ah, sí. Doncs justament no va deixar cap nom. Va pagar per endavant i va dir que avui mateix se n'anava. Per què ho vols saber?

—Res, coses meves... —vaig dir.

Vaig sortir de la cuina, vaig pujar les escales fins a la meva habitació i em vaig quedar darrere el vidre de la finestra, intentant veure en la llunyania aquell home tan misteriós. Però va ser endebades. L'únic que hi havia era un camí desert que es perdia entre les muntanyes, darrere d'una espessa cortina de pluja.

Durant molt de temps, cada cop que passava per davant de la finestra mirava el camí que s'enfila cap a les muntanyes, esperant veure-hi l'home de la capa tornant cap a l'hostal. Però aquest moment mai no va arribar. I encara ara, molts anys després, guardo el seu guant negre com un tresor.

L'únic guant que he vist amb un dit de més.

Han escrit i han dibuixat...

Carles Sala i Vila
Eloi Sala i Vila

© Fotografia: Núria Sala i Vila

La intuïció no us enganya. Com segurament ja deveu haver deduït, els dos personatges que sortim a la foto no només som els autors d'aquest llibre, sinó que, a més a més, també som germans. Oh, i no us penseu que ho som des de fa quatre dies, eh? Som germans de tota la vida! Segurament és per això que ens coneixem tan i tan bé, i que, fins i tot, sovint endevinem què pensa l'altre només de llegir el que ha escrit o de veure el que ha dibuixat; una cosa molt pràctica a l'hora de treballar plegats...

La història que teniu a les mans, *El rei Rodolí*, és la primera que hem fet entre tots dos, l'un, escrivint-ne el text, i l'altre fent-ne les il·lustracions. Però ja fa temps que, d'alguna manera o d'una altra, estem més o menys vinculats amb el món dels llibres.

El primer que es va posar a escriure vaig ser jo, vull dir l'Eloi. A diferència del meu germà, jo escric novel·les per a persones grans (*Viatge a Contrallum*, Premi Ciutat d'Alzira 2005) i segurament un conte meu us semblaria més avorrit que una setmana sencera de pluja.

Quan tenia la vostra edat, a banda de jugar amb gats i menjar croissants de xocolata, la cosa que més m'agradava era fer gargots amb llapis de colors. Per això, quan vaig ser més gran, vaig decidir estudiar Belles Arts. Ara pinto quadres i fins i tot he fet unes quantes exposicions. Però, encara que sembli molt estrany, no m'havia passat mai pel cap d'il·lustrar llibres fins que el meu germà Carles em va proposar de dibuixar aquesta història que ara teniu entre mans. La veritat és que m'ho he passat molt bé i espero repetir-ho ben aviat!

Jo, en canvi —ara sóc en Carles—, tot i ser el germà gran, vaig començar a escriure molt més tard (males llengües diuen que per enveja de l'Eloi...). Però m'hi vaig posar amb tantes ganes que ja tinc un grapat de llibres publicats: *Sóc com sóc*, *Flairosa, la bruixa dels sabons* (finalista

Premi Barcanova 2007), *Bona nit, Júlia* (Premi Guillem Cifre de Colonya 2008), *El triomf d'en Polit Bonaveu* (Premi Vaixell de Vapor 2009), *Tramuntana a la granja!* (Premi Barcanova 2009), *Cornèlius i el rebost d'impossibles* (Premi Folch i Torres 2009)... I com que des de petit m'han agradat els rodolins, un bon dia se'm va acudir d'escriure una història on els protagonistes fossin, justament, els rodolins. I aquí la teniu.

Doncs bé, després d'haver acabat aquest llibre, el que més desitgem tant l'un com l'altre és que passeu una bona estona llegint-lo, que us divertiu, que feu rodolins... Fins i tot, que rumieu una mica. Nosaltres, mentrestant, continuarem escrivint més històries i dibuixant més personatges per si un dia voleu repetir.

Fins a la propera!